JN123602

歌集　人の道、死ぬと町

斉藤斎藤

短歌研究社

目次——人の道、死ぬと町

人の道、死ぬと町

——2004

宇宙

宇宙。「吉田、金返せ」「ない。」「……なら、仕方ない」宇宙。

中身を出しましょう

女子トイレをはみ出している行列のしっぽがかなりせつなくて見る

エレベーターの扉の脇に陣取って閉のほうだけ押すお父さん

平たい床でつまずく　何事もなかったように会社はつづく

お住まいはどちらですかと訊ねられとなりの駅で話題が変わる

好きなひと変わるたんびに借りて見るＡＶ（アダルトヴィデオ）のコーナーもまた

じいさんだ　ほほえんでいる　熊谷の最高気温が最高だからだ
善良な君だからほらわかるだろうポケットの中身を出しなさい

お茶本来のほのかな甘み

そうか君はぼくと雑談がしたいのか旅の話でちょうどいいのか

非常ベル　その時ぼくらほほえんで右手でマウスにぎりなおした

なまぬるい椅子にすわっていたひとが歩いていったじゅうたんの上

霧雨のようななにかを顔面に受け止めてゆくビル沿いの道

じいさん動いてる歩道あるいてる子犬のような酸素をつれて

信号は赤になっても錆びていた　お茶本来のほのかな甘み

洋風に鳩サブレ焼け、かつてなく薄汚れたる平和の祈り

めざめればぼうでぐみの腕まぶた上げればベルトの上が東スポだった

降りたホームで準急を待つ1分のきのこのこのこあげんきのこ

ネクタイをひどくゆるめる　思い出し笑いあふれる首しめなおす

ふりかぶってひとりとなりの君を指すうんどうしんけいのにぶいせいで

わらってるみんなひとりにちらばってみんなにもどる切符をもって

トイレットペーパーの芯あらわれて〈まいどありがとうございました〉

溶けのこる角砂糖ふたつかき混ぜるわたしの上に人の住んでる

白昼

白昼堂々サンタが町にやって来てもうふたり来て拾うタクシー

——2005

荒木と真心

「この自販機は私、荒木が真心をこめて右手で補充しました」

組んでると気づいた腕をほどいたら垣根はさざんかで咲いている

君との暮らしがはじまるだろう（仮）

歯みがきの口すすぐたび（1カップです）（1カップです）耳鳴りがする

ネットのないバスケットゴールにこの冬はバレーボールを通して過ごす

いつもきれいにご使用いただきありがとうございます＊＊＊下ろすジッパー

冬晴れの日差しに低くつらぬかれ右折レーンのバスとふるえる

おっぱいが机の上に載っている　おなじ体勢であいづちを打つ

ボールペン先のインクのねとねとをよせばいいのに指でぬぐって

週末はパチスロと言う宇野さんは他者から他人へスリーランクダウン

またひとりそして5人はうつむいて義務感で食う最後までパフェ

あのひとの名前を知ってしまったよ　青木さんがお茶を汲んでいる

紅生姜入れに紅生姜詰め込んでるあんな教育をうけたくせに

木曜の松屋の夜をちぇんさんにどう思われてるか気にはなった

みんなキムって呼んでる木村「おれマジで金（キム）なんだ」って小4の夏

男の子だもんひとりのプリクラが撮りたい夜もあるということ

シャッターを下ろしてしずか純福音東京教会小岩支聖殿

暑くともコートぐらいは羽織ってこう二月の通勤電車だからな

エスカレーターの右も左もわからないあの小汚いおっさんのせいで

十秒の遅れが命取りとなりこんどの山手線2分待ち

まだちょっと寒い四月のあ、　おなじ機種だと言いかけて閉じる口

自慢だととられかねないことばかりしゃべってしまうあなたにだけは

公園で暮らす男が公園でカラスごと鳩にエサを与える

容赦なく見上げるぼくら　お魚たち大変デリケートになっております

日だまりのどうぶつえんのライオンがめすライオンのなかに出すまで

ケータイのカメラで撮ってそっち見る幹から直に咲く桜花

クーポンマガジンホットペッパーあらわれてクーポンマガジンホットペッパーでーす

左手のカバン右手に持ち替えるぼくの右手と手をつなぐため

ふつうにうまい回転寿司の行列にふたりで並ぶちからをつける

「これペルーからやってきた深海魚」「見たねテレビで」「お刺身だ」「ペルー」

中国人観光客のデジカメの歌舞伎町前現地人ぼくら

石原慎太郎東京都知事による都知事室からのうれしい悲鳴

小日本って超かわゆくてなんだこの中中国、ってつぶやいてみる

インターネットでわたしを叩く3人がなかよしになるその3人　すき

さようなら春のベージュのジャケットをクリーニングに出すタイミング

白米（2合です）を炊飯ジャーでじっくりと（六日ほどです）保温したものがここにあります

靴下、１０５円。トランクス、１０５円。あなたに会える歓び、priceless.

３万円おろしてきたら新札が使えない部屋　出れないふたり

別にまあ金はあるけど３ヶ月にしておく定期　領収書なし

「あなたが落としたのは結婚願望のつよくない青木さんですかそれとも青木さんですか」

生まれ変わっても生まれ変わってもわたしバナナが嫌い忘れないでね

ケータイが少しふるえたような気が気のせいだってわかってる夜

日刊ゲンダイを開けば新小岩に安くヌケる店はあるでしょうよ

ここにいたのが君だから挨拶をするだけだからこわがらないで

下小岩小学校2年C組をころさなければ生きてゆくわたし

伯母さんを見舞いに行った父さんが伯母さんからと3万くれる

病院でもらった薬がわかる本で風邪薬だとわかる本屋で

小腹へったまんま寄り添う夏の夜の見には行かない聞こえる花火

青木さんの便座カバーに青木さんのトイレットペーパーを敷いてすわる

四畳半和室にウッドカーペット敷く敷かないでコーヒーを飲む

テーブルにねむるあなたの横顔がカエルのようににやけているの

この偶然が　この偶然で　この偶然は　この偶然はいいと思った

睨んできたと感じ、やられると思ったので先に刺したと供述している

にぎりそこねて倒したペットボトルから蓋がゆるくてあふれ出すティー

川底に立ち並ぶ家　雨が降れば二階の上を犬は流れる

抱き合って寝言と寝言でけんかして仲直りしたようにおはよう

セックスがうまくなりたい　中吊りのコスモポリタンにうなずく　二度

改札を抜けたら君の右側にまわってカバン持ち替えさせる

階段のうらがわにもうふたりいて足音がして歩道橋降りる

青木さん　あ、青木さん　青木さん　青木家は青木さんばっかりだ

中指を非常に曲げてつま先で右クリックをするおばあちゃん

「似てますよね」「この子はパパ似なんですよ」「そうですね」「お茶」「いただいてます」

住宅ローンがあと十二年残ってるなんてせりふが説明的な

青木さんの目を盗んでるそのへんは青木さん暗黙の了解

青木さんをぼくにくださいさもなくばぼくも青木になってしまうよ

テーブルに前脚かけてティーバッグ置きのティーバッグひたむきに舐める

ひと昔前の団地をくぐり抜け犬の散歩をしているなんて

ぼくがもしわりとやさしくなかったら　それもひとつのしあわせだろう

▽男性（遺族の希望により匿名）（54）　遺族の希望

めぐり来る秋風のなか刑法を犯さなければ俺様の勝ち

使ってるの見たことがないサイフォンをノースリーブに一応くるむ

下駄箱のドライペットに穴を空け流しに捨てて部屋を出てゆく

あなたに是非ご紹介したい人がいますちぇんさん、こちらが青木さんです

あなたがちぇんさんになったらちぇんさんをぼくはディスコに連れていくから

スイッチを押せば明るいアパートで君との暮らしがはじまるだろう

そのへんに

そのへんに座っといてよいいひとがやらかく畳む聖教新聞

人の道

もう一度だけ聞くがオレンジ・緑・赤、それでいいのかセブンイレブン

給食室のありとあらゆる銀色のお釜の蓋よ立ち上がれ夜

夜にのぼれば朝にはくだる坂道をのぼるけれどもあじさいの白

コーヒーと言えばブラックの青木さんがコーヒーふたついれてくれるの

話せばわかる青木さんだが話すのが面倒なんだな斉藤さんは

青木さんはコーヒーにミルクと砂糖を入れないわたしを愛しています

電話くれるときはかならず酔っぱらい田中さんから着信2件

いま沖縄、料理を食べているところ／犬の毛並みをなでてるところ

じゃあ住友ちゃんに代わるねこんばんはじゃあってなんだろね住友さん

もうじきに済みますからね大人しくしておいて青木さんとその犬

電話切るときはかならずすみません田中さんなんだかすみません

対戦相手はチャットをオフにしています（中級、ポルトガル語）寝ますか

六月は青木さんとのセックスにもれなくついてくる愛してる
毛のかたさふつうでほんとよかったのふつうでほんとうによかったの
聞く耳を持つが立場はゆずらない階段付近のお客様ぼくら
車椅子用のやさしい坂道は遠足のようにすこし浮かれて
会社なんかであっさり靴を脱ぐぼくを信用しては駄目だとおもう
上のひと替わったらしいあいさつが見えるはくしゅの音がする　する
前肢が崩折れて顔から倒れねじれて牛肉になってゆく

ガムを噛み噛みカフェモカを飲み飲めばガムは半分ぐらいとなった

青いシャツしか着ないと決めているぼくが着ているシャツのような青空

つり革につかまったまましちょっと泣き誰にともなくあくびをしたさ

死ぬことと三十年後にそなえつつ生きることとはちがうよ　光

人の道よこぎってゆく蟻の道よこぎってゆく人間のわたし

コンクリート打ちっ放しの金持ってそうな一軒家が濡れてゆく

比例区は心の花

きのうのままの中身のカバンぶら下げて改札を出たとこで立ってる

死者の書とぼくをへだてて長細いガラスのこっちに指紋をのこす

公園のふたりは黙る　しゃべるより芝生のほうがおもしろいから

人間をふかく信じるこいびとはぼくを信じる手間をはぶいて

シャッター切ってもらえますかと夕映えにあなたを入れてほほえむ人よ

えさをあげないことがハトへの愛情です　愛があふれて噴水が出る

胸の高さの泥水で老人が死ぬ　選挙区はさいとう斎藤（さいとう）

開票

自民党には誰も投票しなかった私の読者を誇りにおもう

――2006

お正月

雪の朝　みじかいメール　くれたひと　が　メール打つのを見る朝の雪

十円玉近くに投げるこのひとの健康だけはおねがいします

小池光が歌会始の選者となり「俺は行かない」と書いた初夢

すごいねと豆

イチローのテンションが上がって上がり上がって上がって上がって上がる

視聴率すごかったみんな見たというニュース見ながらすごいねと豆

「働きなさい。働いて税金を納めるんだ」細木数子に言われるズバリ

うんちを食べるかわいい子犬なにをどう時にきびしく何度言っても

2番組同時録画のにするために一日増やしたアルバイト　今日

4分遅れで明大前を発車する着ぶくれによる混雑のわたし

傘を入れるビニールに濡れたビニール傘を入るところまでねじり込むきしみ

一階からは非常階段で降りてゆく地下の社食のランチにぎりA

回転ドアから出てくる人を1人だけ胎児のようにころしてもいい

ゆうやけに見とれて飽きるぼくたちは窓の向こうに浮かぶ新宿

第77回中央メーデー

今回の参加対象：社員番号の下2桁目が「6」の方

japan

こういうひとも長渕剛を聴くのかと勉強になるすごい音漏れ

カフェオレのミルクと砂糖とりのぞきブラックにする仕事がほしい

ふたりして筑紫哲也をながめてる　ねむたくなかったらするんだけど

紀宮さまは　ハロゲンヒーターが首を振っている　黒田さんに

20円時給が上がりますように靖国神社の参道をゆく

「『真のエリート』が必要」と書いてある本を１００万人が買って夕暮れ

乗りかかった舟だから来月も乗る美しい日本に私

大丈夫あなたの買ったマンションに津波の心配はありません

この素晴らしき世界の斉藤

さざなみにさざなみまじるその上を渡されてある見るための橋

世界遺産、だそうだ

むかしのひとも高いところが好きでした　高いところからビルを見上げる

がやがやと団体さんのおそろいの白装束に「同行二人」

同行三人

日本の神を認めていない青木さんと息をそろえて会釈をひとつ

頭文字だけがブロック塀の上から覗いてることばのそとば

実際には、タリーズの堅い木椅子に、

草花にしたしんでのち座布団のうえ文学にあぐらをかいて

新大阪で乗り換えて

差別的な落書きを見たら駅員にすぐ知らせるべきとわたしも思う

青木さんはねむりにおちて一人旅　窓から海を見てる／トンネル

あくる日は、もちろんバイト

年が上なだけであだ名は父さんの父さんとぼくらの同じ時給

うわのそらでもさしつかえなく帰り道

人ら人人ら駅へ人ら人あるいてく　からだが冷えるまでここにいる

切れ長の黒い瞳に浮かぶ雲　この素晴らしき世界の斉藤

歩行者用押ボタン式信号の、青の時間をぜいたくに使って
生活を旅とも思うはずかしさ掻き捨てながら生きてきてゆく

ホームレスがクロスワードを解くように日が暮れてから夜が来るまで

教会が炊き出ししてる　坊さんが托鉢してる　わたくしは

われにかえるまでが遠足です
スプリンクラーと火災報知器が足りない天井を見てねむらずにいる

家じゅうの窓を閉ざしていても、風の吹き抜ける場所があること

終戦

時報とともに頭を垂れる皇后の斜め前にて三つ数える

口語体に口語が入った秀歌

コンセントの大きい穴にこころを開き小さい穴にこころを許す

血のめぐりいいんだろうね宇野さんはたのしそうよくしよう血のめぐり

あらかじめ尻の器になっている器に溢ちる七つのおしり

1回のお電話につき一〇五円が募金されてはパキスタンへと

合計特殊出生率を求めなさい（小数点は芽キャベツとする）

足のわるい人が男女の前に立ち男女ともに立ち座席の余り

ぼくの口よすべってぼくらの晩飯よ少しはまずくなればいいのに

図工の授業で描いたのであろう「このまちはみんなで子どもをまもっています」

こんばんは、動くゴミです。半透明の袋のなかから失礼します

そんな話ここでしなくてもいいじゃない　ほほえみながら娘に母は

雲

雲がほら楽なほうへと流れゆくわけを聞かせて怒らないから

—— 2007

今だから、宅間守

「死刑にできないならば、いますぐ少年を社会に戻してほしい。私がこの手で殺します」[*1]

復讐はさらなる憎悪を産むだけとアメリカにならすずしい声で

段ボール箱開けて見た男性は、少女の死体は趣味じゃなかった

「なぜ共同取材に応じたのですか」

『苦しんでいる人がたくさんいるんだよ。助けてあげて』と夢で娘に言われたと妻から聞かされたから」[*2]

「あいりは二度殺された」などと言う権利は父にもないなどと言う権利

大阪池田小事件の被害者遺族は、「八人の天使の会」を結成する

うちの子は天使じゃない、と思っても言える空気ではなかったろう

「ある遺族は事件当日子どもの体調が思わしくないように感じられたのに登校させてしまったと、またある遺族は

家族の病気が子どもにもうつっていれば学校を欠席して殺害されることもなかったと、さらにある遺族は事件前夜

子どもに傷んだものを食べさせて体調不良となって学校を欠席していれば殺害されることもなかったなどと、」[*3]

ある遺族はわたしが子どもを押しのけて登校すればとランドセル背負い

「やり場のない怒りは、私自身にも向けられました。毎日、気が狂いそうなほど苦しんでいるのに、実際には正気を保って生き続けている自分という人間が信じられなくなり、自分自身を許せないと感じるようになりました」[*4]

寿命が来るまで死なないわたし、だいじょうぶ　涙は流れ体は生きる

「遺族の話を聞いて、どう思いましたか」

「立場を置き換えて、自分だったら謝罪されても何とも思わない」[*5]

わたしがもしも宅間だったら　宅間がもしもわたしだったら

「自分みたいにアホで将来に何の展望もない人間に、家が安定した裕福な子供でもわずか5分、10分で殺される不条理さを世の中に分からせたかった」[*6]

家が安定した裕福な子供という不条理さを世の中に分からせたかった

主文

被告人を死刑に処する。

押収してある出刃包丁一丁（平成一四年押第二号の二）を没収する。[*7]

人肌よりやや生ぬるき血の滾りにからめとられて出刃のつめたさ

おとぎばなし

まもるくんは出刃包丁をにぎる手首を返し刃を上に向けると、まおちゃんのおはしを持つほうのわき腹にぷすり、と、さしこみました。手ごたえのないことに少しおののきながら引き抜いた包丁を左の手に持ちかえ、こんどはまおちゃんのうなじをめがけて、いちど、にど、と刃を突き立てます。さんどめが動脈をとらえ、まもるくんの首すじからおびただしい血が噴き出しました。ろうかを這うように逃げまどいながら、あれ、とまもるくんはおもいました。

なんで、なんでなんで？

そうなのです。いじわるな神様は認めようとなさらないのですが、鋭利な刃物で人を刺すと、刺したひとのたましいと刺されたひとのたましいとが、入れかわってしまうしくみがあるらしいのです。ついに動かなくなったまおちゃんの、なんだか安らかな血だまりをぼうっとながめながら、まおちゃんのたましいはまもるくんの心にすこしずつ、なじんでゆきます。まもるくんの心は、たましいに入れかわり立ちかわりされたせいで、とてもつかれていました。

「ああ、しんど」

聞いたこともない野太い声に思わず唾を呑み込むと、のどぼとけが上がって、下がりました。

そらをとぶかんごふさんになるゆめが無惨に絶たれたら　ああ、しんど

「私のやった事件のことを認めて、話をした途端何故か分かりませんが、急に涙が流れ出てきて止まりませんでした。この涙は、事件を後悔してのために出たものではありません。精神病を振る舞っているようにしていたことを、最後まで押し通すことができなかったという悔しさから出た悔し涙であったのです」[*8]

わからない涙が流れわからないまま泣きやんで理由をつけた

「宅間は人格障害（妄想性・非社会性・情緒不安定性）ではあるが、精神病ではありません。人格障害の中ではある意味、典型的な例でした。ただ、小さいときの境遇があったにせよ、それであんな異常な性格が出来るとは思えません。こんな人間は見たことがありません。なぜ、あんな人格になったのかがつかめないんです。宅間のような人間に関しては、犯罪を防止する方法はないと思います」*9

宗教も文学も特に拾わない匙を医学が投げる夕暮れ

「やはり、少しでもましな死刑因生活を送るには、「金」です。そこそこ週刊誌等を買ってたいくつしないように、菓子をバリバリコーヒーをガブガブ飲んでいる毎日を送るには、最底、月、6万円かかります。冬になると、使い捨てカイロを買いまくりホカホカ生活を送ると、月、8万円は、かかります。それが最底の線の金なのです。
死刑執行される日まで、ホカホカ、お菓子ガツガツやると、年間80万円以上かかります。その充実した生活を送るには、オヤジが死ぬより他に道は、ありません。オヤジが死ねば、相続金が入るからです。」*10

お菓子バリバリコーヒーガブガブカイロホカホカちんぽこスコスコ充実のわたし

入浴を終えた死刑執行人には、2万円の特別手当がその場で支給される。*11
（税金の使い道として、悪くない）

午後は、休みを与えられる。

一億三千万本の人さし指が宅間守の背中を押した

死刑執行員制度は、導入されないだろう

宅間には、支援者から獄中結婚の申し出が複数あったという。そのうちの一人を選び、吉岡守となって、宅間は処刑される。

宅間のままで死んでほしかった、と言ったら、不条理ぽすぎるだろうか。

穴から汁たれ流しつつ宙吊りの宅間守の欽ちゃん走り

「最後ぐらい人間らしく死にたい」と、事実は小説よりもベタなり[*12]

「昨年末の入籍以後、夫との関わり合いの中で〃家族愛〃のような絆を、少しづつでも築き上げていきたいと、私自身は願っておりました。そういう関係性の中から、なんとか、〃他者の痛みがわかる〃そんな心が、彼の中に芽生えることだけを祈り続けました。多くの方々のお力添えもあり、この数ヵ月の間、少しづつではありますが、彼の中に変化が見受けられたこともありました。が、しかし、精神の苦痛、肉体の苦痛に、最後まで耐えることが出来ずにか、自らの死を求める境地との狭間で、彼の心はいつもガタガタと音を鳴らして崩れてしまう日々の連続でした。夫の犯した大罪は、決して許されることではないと知りつつも、けれど、もう少し、あと少し、彼と対話を続ける時間が欲しかった、と悔やまれてなりません」[*13]

仏にしてから殺したかったが殺してからでも遅くはないから仏にしたい

悲劇は、くり返しません

美日本さくら愛ち県西イノセント市立目を見て話すが丘小学校

もしも拓海が殺されなかったら、拓海は平凡だけれど幸せな家庭を築きおだやかに一生を終えたかはわからない。もしも生き延びた拓海は、ロクに働きもせず上手くいかないことはみんな社会のせいにし理不尽な恨みを募らせ、三十年後に大阪池田小に押し入り七歳の子どもを八人殺していたかもしれない。もしも仮にそんな拓海になったとしても、そんな拓海にすらなれず拓海が七歳で殺されたことが悔しい。そんなもしもを考えてしまう自分が悔しい。

悔しい。悔しい。悔しい。殺したい。

万引きのひとつもさせてやりたかった　いくらでも頭を下げたかった

終身刑と死刑。ぼくらの生きるはどっちに似てる?

バス停にベンチがあって座ってる　事なかれ事なかれ事なかれ

Imagine there's no PRISON.

怖いから仮釈放はしないでと嘆願書出すオノヨーコぼくら[*14]

すこし憑かれて本屋に

『淳』は新潮文庫『「少年A」この子を生んで』は文春文庫

読みごたえには乏しかったが、
被／加害者の手記読みながらペットボトルの緑茶を飲んで涙をながす
それぞれの人それぞれであると思う　そうおもう　そうおもう　ちぎれる

青木さんと蛍を見に行く。
蛍を見ていると、青木さんをあっさり忘れる。
それは、それを、ありがたいことと思うのだけれど、
人を殺す自由はあると思いたい　ことばの上でかまわないから
殺される自由はあると思いたい　こころのようにほたる降る夜
あきらめては　ちから　あふれ　あこがれては　ひかりこぼしてとんで　ただよい

七歳のころ、世界はテレビだと思ってた。
パパやママや友だちや電信柱はみんなタレントで、
ぼくのためにぼく世界を放映してる、
じゃないといろいろつじつまがあわないし。
ぼくがもし七歳で死んだら、
ああやっぱり。おかしいと思ったよ、と思った。

ぼくの終わりはぼくテレビの終了だから、
スイッチが切れればパパも友だちも電信柱も
死んだぼくにすがりついて泣くママのかなしみも（芝居）、
パチンと消えてまっくらになるだけ。
だからだいじょうぶ、
死んでゆくぼくはしんぱいない。
死んでゆくぼくは、なにもかなしくなんかないんだ。
駐車場から車が出るサイレンが鳴り1トントラックの荷台の幌
いつまでも日なたがつづくむき出しの坂道くだるむこうから人

＊1　二〇〇〇年三月二二日、山口県光市母子殺害事件一審判決後の記者会見における、被害者遺族・本村洋氏の発言。藤井誠二『少年に奪われた人生　犯罪被害者遺族の闘い――』二〇〇二

＊2　「広島小1女児殺害事件」一審判決を前にしての、被害者・木下あいりさんの父・建一氏の発言。『毎日新聞』二〇〇六年六月二六日夕刊

＊3　大阪地裁判決、量刑理由。大阪地方裁判所第二刑事部・川合昌幸、畑口泰成、渡邊英夫、二〇〇三年八月二八日

＊4　本郷由美子『虹とひまわりの娘』二〇〇三

＊5　第二二回公判被告人質問。「宅間守資料」www004.upp.so-net.ne.jp/kuhiwo/takmar.html

＊6　第一一回公判被告人質問。『スポーツニッポン』二〇〇二年七月一二日

＊7　大阪地裁判決を一部省略。実際には「押収してある出刃包丁一丁（平成一四年押第二号の二）及び文化包丁一丁（同号の三）を没収する」。文化包丁は、使用されなかった。

＊8　供述調書。今西憲之「1200枚の『供述調書』が語る　池田小『宅間守』自白までの3日間」、『週刊新潮』二〇〇五年六月一六日号

＊9　精神科医・樫葉明の発言。「精神鑑定医が初めて明かす　怪物・宅間守との対決二ヵ月」、『週刊文春』二〇〇三年二月二〇日号

＊10　「怪物から届いた13通　宅間守獄中手記全文公開」、『現代』二〇〇三年一〇月号。誤字は原文ママ。

＊11　大塚公子『死刑執行人の苦悩』一九八八。特別手当については、人事院「国家公務員給与の概要」平成一八年八月。jinji.go.jp/kyuuyo/pdf/18koumukyuyo.pdf

＊12　宅間は、戸谷茂樹主任弁護士への最後の手紙（二〇〇三年七月二二日付）において、次のように述べている。「マスコミにベラベラ何でも、しゃべりやがって。結婚に当たって『人間らしく死んで行きたい』等いつしゃべった。

よもや、言ったとしても、そんな事、口外されたら、ワシのカッコのつかん事、書かれるに決まってるやろ。謝まれ謝まれ」。『創』二〇〇四年一一月号

＊13 宅間守の妻「柩を目にした瞬間、大声を上げて泣いた　夫・宅間守への死刑執行と被害者へのお詫び」、『創』二〇〇四年一一月号

＊14 「【ニューヨーク＝共同】80年12月に元ビートルズのジョン・レノンさんを射殺し服役中のマーク・チャップマン受刑者（49）が申請した仮釈放について、米司法当局は5日、殺害時に『非常に悪意ある意図』があったことを指摘、申請を退けた。（略）レノンさんの夫人だったオノ・ヨーコさんは、仮釈放を認めないよう求める文書を当局に提出していた」。『朝日新聞』二〇〇四年一〇月七日

空調と部長

空調がなぜ冷房になっていて申し訳なくはじまる会議
部長が鳴らす電子レンジが11時58分をお知らせします

すべるようだな

すべりどめの細かい溝が彫られてるウッドデッキに雨も上がって
おもしろかった話をしゃべるわたくしの右手左手そよぐゆびさき
たれさがる低さがちがうブランコの座るところの色のはげた木
横断歩道わたってく点指さして落ちたら死ぬわと寄り添うふたり
肌二枚かさねあわせて手をつなぎカラスの減った新宿の朝を

仲が良くなったのだろう改札でわりとあっさり別れてメール

こころの壁に人のかたちの穴を開けあなたは帰る時速二八〇kmで

道路に穴を掘る

あ　来る　とわかってすわる　せせらぎの音がするのはうなじのうしろ

ひと夏をかけてパーマはとれてゆくパーマかけることに意義があった

昆虫が動物を食べる　動物には生きる姿勢が足りないと思う

何がどうってわけじゃなければあなたはそれを幸せと言う言った言わない

だいじょうぶ　あなたはだんだん立ち直る　だいじょうぶ　ひざのお皿をくだく

たっぷりのお金をかけて自然界にないはじめての元素名づける

この世界は素晴らしいと言いふらしたいそんな私も燃されて光

俺はなぜ道路に穴を掘っているか黒板に書き終え立ち上がる

なれますともさ

垂直にななめの線を積み上げて非常階段冴えざえと朝

シャウエッセン・アーンド・ミックス・ベジタボゥ　あなたにちょっとやしなってもらって

窓を拭き終えたゴンドラ巻き上げてしまう設備を屋上に見る

大阪のひとに言わせれば、失敗したお台場　梅田から地下鉄を乗り継ぎ乗り継ぎ　ニュートラムって地味めのゆりかもめに乗り換えて　トレードセンター前で下車　ＷＴＣ（ワールド・トレード・センター）（えんぎでもない）の　やたら眺めのいいトイレから　ハイアットリージェンシーの屋上を見おろす　ワールドカップでベッカムも泊まったとか泊まらないとか　ハイアットの裏手は　団地につぐ団地　にのしのろのやの　十四階建のひたすら団地　棟々を縫いあわすよう　ニュートラムはゆく　埋立地のすき間で　ひかるのが海

青空の彫りが深くて変な汗かわかないまま昼休み終る

それはもうまっすぐ帰って　晩ごはんどうしようねって検索　豚ミンチ　セルリー　ホールトマト　白ワインは料理酒でいいかしら　大さじ1は大さじ1　大さじ2分の1は小さじ1＋茶さじ1　すりきりきっちり量りますので

　わしの料理はうまいよ　レシピがうまければ、うまいよ

買ってきたほうが早いって発想を思い出したら　日をあらためて

ひとしきり食休んだら　かけぶとんとしきぶとんのすき間でくたっ。となっとる　ふとん乾燥ぶくろを引っこ抜いて畳み　ふとんに掃除機をかける　20分かけてていねいに　しないと明け方咳が出るからね　掃除機かけるのわりと好き　風呂掃除はダメ、気が滅入るから　やすこさんがやってくれます　洗濯、ゴミ出し、お皿洗い　うかうかしてるとやってくれてしまう　ついついうかうかしがちになる　なんでこんなしてくれるんだろう　時給と言えばぼくよりも　70円も高いくせして　ジェンダーですかね　でしょうけど　愛ですか　だとしたら　なんで愛されとるんだろう　よくわからない　たぶんずっとわからないから　なんだかよくわからん理由で愛されなくなっても文句は言わないようにしたい　言うけど 泣き寝入りできますように　しかしなんでなんですかね　聞いたらそれは聞き返されて　こっちも答えられませんから　聞かないけど　よそ様にする話じゃなかったですけど

わたしはあなたをあいしとるのにあなたはわたしたちをあいしてる

ここの下見に来たとき、エレベーターに　ベランダから髪の毛を投げないでください　と張り紙があって　顔を見合わせた　5月22日現在、髪の毛は降ってきませんね　なんてしゃべりながら　あなたはうなじをかるく浮かせる

腕枕の腕を抜いて天井を見る　15号棟に風が吹いてる

先生ならできる　正夢にできる

全集でも買えって島田修三が退職金の半分をくれる

めざめるところ見られるたびに欧米のようにいちいち言うありがとう

阪神の武庫川駅はほんとうに　武庫川のながれに渡した橋を　橋ごと駅にしてしまってる　武庫川に駅があるから武庫川駅　わかりやすい　区間急行をホームで待つ　橋の上で待つとも言う、吹きっさらしで　駅がふるえて　冬は寒かった　夏は暑いとおもう　すずしい今のうちにと、改札をスルッと抜けて　河川敷に降りてみる。駅の真下の　護岸ブロックにテーブルを据え木椅子で囲み　麻雀してる四人、四人で八人のおっさん　に　見られてる

月齢によってはひどく礒くさくみどりの水は枕木の下を

あなたわりと　長生きをする
あなたの後を追うように　生きる

ひとりでも生きられるって川からの風に吹かれておもう　帰ろう

関西と関東、べつにおんなじっちゃおんなじ
引っ越しぐらいで変われるだなんてあまいあまい
イカを焼くにおいでもしとくれ

駅前の　モデルルームも片付いて、そろそろマンションが　仕上がる

ジーンズの裾上げを待つ15分こころをこめて本屋で待った

詞書の日々にまみれて
歌なんてわすれてしまえればいい　なんて　ぅそぅそ

結婚という経験がしてみたかったんだろうかと思わなくなれるのかな

生活に追われていたいわたしだけ傘をさしてる気がして　歩く

——2008

肉なわけがない

くしゃみくしゃみしてくしゃみする地下鉄のホームの端が即トンネル

図書館で借りた死体の写真集をめくった指でぬぐう目頭

左側の扉がひらき人のながれに途切れないよう降りるつづいて

「肉なわけがないでしょうこの価格で」とカツは居直るカレーまみれで

　　ＵＳＪに行って帰った
ここにいてはたらくことのよろこびが時給の安さに負けているのだ

もしお金があれば子どもは欲しいのかなそうでもないか紅茶出過ぎた

名前があるかあやしい山に昼下がりとなりの山の影が落ちている

定員はふたりのお墓ときどきは台風に来て倒してほしい

船のなかでは手紙を書いて星に降りたら歩くしかないように歩いた

街灯の根っこがひどく濡れていてアルミニウムをそなえては去る

昭和の日前後

こんどの派遣は椅子がよくってレッカーされる車のようにふんぞり返る

墓参り用線香の巻紙がまだポケットにやわらかい日ざし

心むなしくして歌を詠む私はそういう文学方面はわからないから

正座してこころをこめて墨をする　三枝さんに選ばれたくて

五月一日、嫁は暦の通り働く

残業の留守を預かる吾輩は夫とペットを兼ねておるニャリ

父のすね細くなったら嫁のすね結果的にかそのようなことに

五月三日

地下鉄でふた駅だから海に来て寒すぎてふたり笑ってしまう

無印良品にて、ふとんカバーとパスタソース購入

文化的な最低限度の生活は健康を害したらおしまい

選手村だった公団住宅で新婚さんがくたぶれる話

学ぶべきもの

ここにふれてくださいだなんてあられもない自動扉に学ぶべきもの

ボール蹴るコツ

噴水に一羽の鳩が降りてきて子どもの声が騒音になる

誕生日どこ行きたいと訊ねられ行きたいのは広島と答える

正しくなってないけど
行きたいと言うより一度観ておきたいんだよねと訂正してお詫びする

広島に向かうのぞみで竹山広を読む大雑把はアメリカゆずり

食べる前に見るか見る前に食べようかそば肉玉エビイカねぎ盛りを

慰霊碑に「慰霊」と彫られた巨岩（おおいわ）を意地でも笑う原爆ドーム前

ときどき鐘の鳴る公園でおとこのこボール蹴るコツつかみつつある

安らかに眠って下さい　ここで写真は撮りませぬから

アスファルトの中をながれる石畳　広電は川をまぶしく渡る

折りたたみ傘がカバンにあることを言えなくて夏みんなと濡れた

右下からはがすハガキが赤いから自己責任で貢献にゆく

残響音があるうちは、新たに鐘をつかないで下さい　広島市

実質値上げ

ふつうふつう鶏みたいな味がしたコリコリしてたと小耳にはさむ

採算が取れているのか心配なバスは右折し日よけをおろす

プリッツと言っても過言ではない　チョコの薄さ　ほめられる

キリンになった手紙を読み上げる　子ども　檻のキリンに

嫁がいますの一言で恋の話題は終わるせつなさ

貧乏なのに塩にこだわる

という下の句を嫁がくれる

50円切手6枚貼り足して速達にして誠意を示す

人体の不思議展（Ver 4.1）

大阪、梅田スカイビル・タワーイースト。
エスカレーターで5階を目指す
会場にお手洗いはありませんので1階か3階でお済ませください
「いらっしゃいませ（カチカチ）」
いろんなことを考えるいいきっかけにしたいぼくらはよいこに並ぶ

小春日の昼下がり、スクランブル交差点で
営業マン風の男、アタッシェケースを地べたに置き
薄手のコートを脱ぐ、脱いだコートを
右の前腕にかけて
いっこうに変わらない信号を待つ
といった風情

右腕に脱ぎたての皮フぶら下げて営業マンは全裸よりも全裸

プラストミック標本の作製法

①脱水

まず、マイナス25℃に冷やした70%アセトン液を満たした水槽に1週間標本を沈めます。ついで80%アセトン液に1週間、90%以上で1週間、最後は100%と度数を上げていきます。

②浸透

この標本をシリコン液槽に1日沈めます。次に硬化剤を加え、さらに2週間くらい浸します。（略）4ヘクトパスカルから0ヘクトパスカルまで1ヵ月以上かけて徐々に気圧を下げてゆき、泡が出なくなるまでつけて置きます。

③硬化・乾燥

その後標本を取り出しますが、まだ完全に固まっておりません。表面のシリコンを軽く叩くようにして拭き取ったのち、密閉した部屋に入れ、珪酸S6のガスを充満させ、かつ乾燥剤を置きます。（略）その間、数回にわたり、浮き出たシリコンを軽く叩くようにして拭き取ります。

④できあがり

完全に樹脂が固まり乾燥した標本は、水分を全く含まず、無臭で、容易に手で扱うことができます。*1

「アセトンに浸けたろか」的なツッコミが嫁とのあいだで流行る四、五日

SW180　全身標本・横方向開き

中央部に、脳、脊髄、心臓、肺、腎臓、子宮などを残して、他の部分は左右に分けられています。右手には肝臓が、

左手には胃、小腸、大腸がのせられています。骨や筋肉は左右対称なのに、胸腹部内臓の多くは左右非対称の形をしていることがわかります。[*2]

脳味噌につながっているおまんこをバスガイド調の解説で見る

戦後50余年を経た現在、わが国は世界でも有数の長寿国となり、とくに近年、身体や健康への関心がますます高まりつつあります。

また脳死や臓器移植の問題は単に医学界のみならず、広く一般市民にも大きな関心事となり、医療の現場では医師が患者に情報を十分与えたうえで、患者の思考を反映させ医療の内容を決めていくインフォームド・コンセント方式が注目されるようになりました。健康管理をするためには、自分自身が身体についてのイメージを具体的に持つことが必要不可欠な時代になったと言えるのではないでしょうか。[*3]

SD030
胸腹部臓器全体をパイプに立ててミラーボールの速さで回す

動脈は赤、静脈は青というように、みなさんが理科の学習で知っているイメージどおりの色をつけて理解しやすくしました[*5]

たましいの抜けきらぬ今しばらくは人目に触れる旅をかさねる

「悪いことして死んだヤツとかじゃない」

「な」

SC111
全身血管鋳型標本を誰か抱きしめて粉々にしてやればいいのに

「どう気をつけるかわかれへんけど、気をつけてな」
「そういう運だけは、あってほしいわ」

胃のポリポーシス（ST200）、肺癌（ST400）、乳癌（ST600）、肝硬変（SD220）　大人気だョ病的標本

アルツハイマーの脳とわたしのすき間に子どもすべり込んで来る見て走り出す

ひどく目が疲れて、
親指と人差し指で目頭をはさむように押すと、指の腹は
鼻のふもとでこんもり盛り上がる骨に当たるが
その骨で水平にスライスされている
つけまつ毛かと見違えるくらい
くっきりしたまつ毛をして、
薄目をじっと開いて

順路沿いに歩けば起承転結の転のあたりに新生児輪切り

wrongful life action を平たく訳せば、「生まれたくなかった裁判」となる。[*6]

たとえば、難病にかかるおそれのある遺伝子をもつ人が妊娠し、親になろうかどうするか迷う。医師は、心配ないと診断する。しかし、重度の障害をもつ子が産まれてしまう。子は、「生まれたくなかった。医師は、わたしの

生まれない権利を侵害した」として、損害賠償を求める。

　実際には、子は障害のせいで「生まれたくなかった」と思うことが（おそらく）できないので、親が子の代わりに「わたしは生まれたくなかった」と、思う。

胎児SF180（3ヶ月）胎児SF190（4ヶ月）胎児SF200（5ヶ月）胎児SF210（6ヶ月）胎児SF220（7ヶ月）胎児SF150（8ヶ月）胎児SF240（10ヶ月）

　胎児SF150（8ヶ月）と胎児SF240（10ヶ月）の左右の土踏まずには、訂正印をぐりぐり押しつけたような凹みがある。気になりだすと気になり始める。会場の隅に白衣を着て、【解剖学解説員】と名札をつけた白髪の男性がいるのですみません、この凹みはいつのものでしょう。生前か死後か標本になってからですか、と訊ねる。解剖学解説員はまじまじと胎児を見、慎重な口ぶりで言う。「おそらくこれは、標本になってからの凹みでしょう、中国から来たものでわかりませんが、立ててたんでしょう針金か何かで」

　四体の全身標本が右向きに、前へならえをさせられて並ぶ。左から右へ、すこしずつ肉づきがわるくなってゆく。筋肉SW250SW240SW230SW220の剥ぎ取り具合に差をつけて人の類の進化のように

　会場の入り口には、

「本展で展示されている人体プラストミック標本は、すべて生前からの意志に基づく献体によって提供されたものです」

と、黒地に白で大書されている。

彼らは生前、どの程度同意していたのだろう。

「あなたは全身の皮膚を剥がされ、六、七枚にスライスされた大胸筋を孔雀の羽のようにひろげられ、ピアノ線で吊されます。そして日本各地をめぐり、延べ500万人の目にさらされ、莫大な利益を稼ぎ出します。よろしいですか」

「はい」

ちょっと、あり得ない。

だがしかし、完全に同意していたのだとしたら。

「私が死んだら、どうぞどうぞ見世物にしてください。私のからだはどう面白くしていただいて構いません。ええ、いかようにもポーズをつけていただいて。郡山でも浜松でもええ、ええ、どこにでも行きますとも。」

そんな死体は嫌だ。見られたがる死体だなんて、出来のいい食品サンプルみたいじゃないか。

わたしは本物の死体が見たかった。本物の死体に、たましいの残り香を感じたかった。そのために、死体の人は生前死後死体に何らかの未練をわたしは残すだろうな、と思っていなければならなかった。

もちろん死体の人には、同意書にサインぐらいはしておいてほしい。その上でわたしは、そこまでされるとは思わなかった死体が見たかったのではなかったか。

腹が立つ　臆面もなく腹は立ちわたしを駆けめぐるぬるい水

「甘いもの食べたくない?」とわたしが言い、「冷たいもの食べたい」と嫁が言い、
ハーゲンダッツに寄って、晩ごはんは家で食べることに。

通りますと聞こえて避ける台車には豚ミンチかるく汗をかいてる

夫「死んだらどこ行きたい?」
婦「うーん……お墓は嫌かなあ」
夫「なんで?」
婦「あんな狭くて暗いところは」
夫「中に居なくてもよいんじゃない」
婦「おらなあかんような気がするじゃないですか」
夫「そのへん漂っとったらよいがな」
婦「まあせっかくなので」
夫「……じゃあ、散骨?」
婦「散骨か、土葬」
夫「土葬のほうがおらなあかんような」
婦「しみ出すから大丈夫」
夫「あそう」
婦「そうなの」

バスの長さを歩くのに五十秒かかる老人を思い起こせば五十秒前

プラストミック標本の原料は死刑囚ではないか、との噂は根強い。

一九八四年一〇月九日、「関於利用死刑罪犯屍体或屍体器官的暫行規定」(死刑囚の死体または臓器の利用に関する暫定規定）が、最高人民法院、公安省、衛生省などの連名で公布された。この内部規定は、以下のような場合、死刑囚の死体や臓器を利用できると容認している。①納棺する人がいなかったり、遺族が納棺を拒絶したりした場合　②死刑囚が善意で死体を医療・衛生機関に提供して利用されることを望んだ場合　③遺族の同意で利用する場合。[*7]

また、「そもそも中国では、献体自体が少ない。中国人の死生観からは自ら献体を希望する人が少ないのです」[*8]。そのせいか、「現在のところ中国では、大多数の移植臓器が死刑囚から来ている」[*9]。

あいねくらいねなはとむじいくストレスが少ない牛の出した乳飲む

兄「今回さ、いきなり70kg級のトーナメントじゃん」
弟「なんかウズウズしてるっていうかね」
兄「あっ、そう」
弟「うん」
兄「そんなウズウズしてんの」
弟「うん。早くやりたいね」
兄「そう」
弟「うん」
兄「……結婚して、勝ち残んなきゃいけない、生き残んなきゃいけない理由がまたひとつ出来たわけだけど」
弟「うん」

兄「結婚の時は、お前が攻めたの？　攻められたんじゃないの？」
弟「いやいやいや俺は、」
兄「自分が攻めたの？」
弟「自分がいやいや、やっぱ男から言ったほうがいいから」
兄「あっそうか」
弟「ちゃんと俺からちゃんとね」
兄「あっそうか」
弟「ちゃんと結婚しようって言ったし」
兄「あっそうか」
弟「……」
兄「……まっ、それと一緒だよ試合も」
弟「………」
兄「その、前に出る永田克彦って見てみたいな」
弟「………」
兄「前に出る永田克彦って、見てみたいと思うよ」
弟「…………………そうだね[*10]」

後頭部は殴っちゃダメと叱られる上半身は裸の男

私のおしりの前で
おこめ炊かないでください[*11]

夜である藍色の奥、階段の踊り場だけが縦に輝く

どの駅にも似ているような駅前でとりあえず本屋を探す夢

と、ここまで書いたところで、もう一度見に行かねば、と思う。標本番号をルビにする案は後から浮かんだので、アルツハイマーの脳と新生児輪切りの番号を控えていなかったのだ。

おやつを食べてひとりで出かけ、エスカレーターで5階に上がる。前回買いあぐねた図録を確保し、病的標本コーナーへ直行。するとアルツハイマーの脳の解説板には「アルツハイマーと診断された人の脳」とだけ書かれてあり、標本番号は記されていなかった。新生児の輪切りがどうも見つからず、会場の中央辺りをうろうろしていると、営業マンの右腕から皮フが外されているのに気づく。寄席を見に行くと、高座の下手に【入船亭扇橋】などと書かれた紙をはさむ台がある。ステンレスだがそのような台がセールスマンの横に置かれ、【入船亭扇橋】の代わりに、全身の皮フが垂れ下がる。

【解剖学解説員】に聞いてみる。

「あれですか。あれ、私が言ったんですよ」

と、ちょっとうれしそうである。

「はじめから言ってたんですけどね。『台ができるまでしばらく待ってください』と言われて」

「ですよねえ」

「ちがう人の皮なんでね。誤解を招くというか」

「そうですか」

「明らかにおかしかったでしょう、大きさが」

「同じ人の皮ならよかったんですか」

「まあ」

と言われそうで聞けませんでした

「あ、それから」と思い出して、

「新生児の輪切りの標本は、なくなったんですか」

「新生児の輪切り」

「はい」

「どこにありましたか」

　と言ったきり【解剖学解説員】は、私が口を開くまで待つ。はぐらかすようには見えない。質問の形をとらせているのは学者らしい慎重さでしかなく、彼の目は「何かの間違いでは」と言っている、ように見える。

　人体の輪切りは、そこここにある。

　胎児の標本も、3ヶ月から10ヶ月まで（9ヶ月以外は）、ある。

　新生児の輪切りが、見当たらない。

また一歩記憶になってゆく道にわたしは見たいものを見ていた

のだろうか。

わたしは（腐乱しない）死体に、何を見たがったのだろう。

大澤真幸は「現実」への逃避、だなんて　うまいこと言わはる[12]　現実の激しさを煮詰めたような　現実よりも現実的な「現実」への逃避、みたいなこと　生活は現実逃避　現実は生活逃避　思い当たるふしなら　どっちにもある　事件から約10年、本村洋さんは「もう一度家庭を持ちたい」と言う[14]　そう口に出して　言えるようになる本村さんの趣味は　オートバイ　黄色いドゥカティで、妻と娘のお墓に参り　その足で九州を走る[15]　阿蘇山とか気持ちよさそう　草千里ヶ浜を風を切って走る　火口のほうまで行ける日かしら　ヘルメットのなかまで　硫黄くさくなって　バイザーを上げて　笑ってしまう　本村さんの笑顔は　ホームページで見れます[16]

殺さずに牢屋につないどけばいい　水でよいのに飲む烏龍茶

という歌を歌会に出したこれは後日の話。選歌してくれた或る歌人が、わたしの記憶ではこう批評する。

「死刑と終身刑の差異と、水と烏龍茶の差異とが微妙に重ねられていて、口語短歌としてよくできているのではないでしょうか。この方は、おそらく死刑廃止論者なのでしょう。大きな問題ですし、ここは死刑について論ずる場ではないので議論は避けますが、理想と現実、ということはあるのかな、と。死刑囚をすべて終身刑にすれば、それなりの税金が使われるわけですし、理想論としてはともかく、現実的にはどうなのかな、と個人的には思います」。

彼女が話し終えてから、わたしが聞き終えるまで、二十秒ほどあっただろうか。

歌会は五時に終わり、開いている居酒屋を探しながら駅のほうへと歩いた。梅雨が明けて間もない神戸の午後五時は真昼で、笑えるほど暑かった。みんなからはぐれないよう歩いていると店が決まって、或る歌人は駅に向かい、わたしは居酒屋に入り、冷たいおしぼりでごりごり首をぬぐう。

寿命が来るまで殺さぬ理由に空の青さでは足らないか

「人体の不思議展」が大阪に来るのは二度目。京都や神戸も含め、関西に来るのは四度目になる。「モナ・リザがかつて日本に来たときもこんなだったと押されて歩く」[*17]ようなことにはもうならない。この時間になると会場はがらんとしてリピーターだろうか、全身に黒を纏った女性がひとり、ポリポーシスに見入っている。

わたしは死体に飽きてきつつある。

「6時で閉館になりますので、物販コーナーで買い物をご予定の方はどうぞお進みくださいませ」と、オレンジ色のスタッフ・ジャンパーを着たバイトの子が、くりかえし叫ぶ。

別のバイトの子は、腕や脚や手や足の標本がおさまるアクリルケースについた指紋を、黄色い雑巾で拭っている。窓のむこうで夕焼けは終わり、黒ずんだ空の手前の窓ガラスに蛍光灯とわたしの顔が映っている。わたしの顔にピントを合わせようとする黒目をなだめすかして、夜空を見ようと力をこめる。

寿命が来るまで生きる理由に空の青さでは足らないか

帰って嫁に、新生児の輪切りがあったか聞く

嫁はすこし考え

「覚えてない」と言う

ない、という確信があると

その確信にややひるんで

嫁はそういう言い方になる
ことを夫はまだ知らない
ことをわたくし知っております
申し遅れまして
わたくし、こういう者です
（と、営業マンがさし出す名刺大の段ボール紙）
ところであなたが着ているそれ、
サイズゆるくありませんか？
名前で呼ばれると、くしゃみが出ませんか？
エレベーター運がなかった一日の終わりにふかく湯船に浸かる

しかし寿命とは、いつまでのことか。

肝臓が悪い。死刑囚の肝臓なら、手に入る。お金もある。移植を受けずに、わたしは死んでゆけるだろうか。移植を受けずに死ぬとして、それを寿命と思えるだろうか。死を受け容れると言い張りながら、それでも移植を受けてほしいと嫁が涙ながらに訴える、あうんの呼吸を期待しているのではないか。涙ながらの訴えを涙ながらに拒みきれたとして、もうわたしの死はどこかつくりもののように思われてしまうのではないか。立場が逆なら、嫁はわたしにどうしてほしいだろう。

どうしてほしかろうと、金がないから倫理的に生きるわけだが。

障害があるからと中絶された胎児は、羊水ですごす3ヶ月が寿命だったということか。

わたしたちの避妊により生まれなかった男の子を、のぼる君と名づける。
のぼる君の寿命は？

よく寝てる夜明けの嫁は骨の顔をしてる前歯がすこし乾いて

iPS細胞がこの一連をさっくり無意味にするのだろうか

死因の一位が老衰になる夕暮れにイチローが打つきれいな当たり

どのレジに並ぼうかいいえ眠りに落ちるのは順番にではない

＊1　会場内の掲示。図録『人体の不思議展』（二〇〇四）に収録。
＊2　＊1に同じ。
＊3　主催者による「ごあいさつ」。＊1に同じ。
＊5　「人体の不思議展」の企画運営を担当する株式会社マクローズ代表取締役・山道良生氏の発言。仲宇佐ゆり「マーケティングの達人に会いたい（51）」、『週刊東洋経済』二〇〇四年一〇月二三日号
＊6　wrongful life action については、加藤秀一『〈個〉からはじめる生命論』二〇〇七
＊7　城山英巳『中国臓器市場』二〇〇八

＊8　宮城学院女子大学助教授・姚国利氏の発言。小林拓矢・片岡伸行「疑惑の『人体の不思議展』死体標本はどこから来たのか」、『週刊金曜日』二〇〇六年九月一五日号

＊9　二〇〇五年一一月、WHOの移植問題に関する国際会議における、中国衛生省次官・黄潔夫氏の発言。『中国臓器市場』

＊10　総合格闘技大会「DREAM.1」数日前の、永田克彦（格闘家）とその兄・永田裕志（プロレスラー）の会話。佐藤大輔製作・選手紹介VTR、スカイパーフェクTV『DREAM.1　ライト級GP2008開幕戦』二〇〇八年四月二六日

＊11　原西孝幸（FUJIWARA）による、「千の風になって」歌い出し部分の替え歌。

＊12　大澤真幸『不可能性の時代』二〇〇八

＊14　二〇〇八年四月一三日、光市母子殺害事件の広島高裁差戻審判決を前に、宮崎哲弥・藤井誠二のインタビューに答えての発言。朝日放送『ムーブ！』二〇〇八年四月二四日

＊15　「本村の住む寮の駐車場には鮮やかなイエローのイタリア製の大型バイクが置いてある。本村が最近、購入したものだ。（略）バイクで妻と娘の墓に参り、その足で九州を一人で走った。「遺族は人生を楽しんじゃいけないと思う人が多いし、僕も最初はそうでした。でも、人間だから笑いたい、おいしいものも食べたい、楽しみたいと思う。でも、そうしちゃいけないという気持ちに負けてしまうのです。（略）」」。藤井誠二「現代の肖像　本村洋」、『AERA』二〇〇四年四月二六日号

＊16　******.co.jp/recruit/voice/int8.html（企業の新卒採用情報ページ。現在は削除）

＊17　永田和宏「五月」、角川『短歌』二〇〇五年七月号。一首目に、「人体の不思議展・京都文化博物館」と詞書がある。

声と歩いた

あれくらい大きかったと指差した○が時計でお開きになる

遠足がとてもしずかで二度見たら手話だものすごいはしゃいでて寝る

自転車を押して歩けば胴長の犬にあくびをかみ殺される

帰ってすぐ両足を洗うイメージに守られながらつり革をにぎる

もも肉をひと口大に切り分ける嫁の背中にきょうのできごと

雷が鳴りやむまではカレーにもシチューにもなる鍋を見守る

八月十五日、夜

おいのりをしましたというメール来て「わたしもです」と打つまえに少し

旅先から自分におくる小包の包みのように気持ちがのこる

考える答えは出ない考える代わりに切りにゆく換気扇

目を開けてられなくなるまでながめてるテレビを消せばどこからのいびき

アスファルト色した蛇にするするとよじのぼられて肌色になる

甲子園の空を真夏のジェット機はつばさの腹に影を濃くして

生い茂る腕がそよいでホームランボールひとつの胸におさまる

消耗してゆくのがわかる十万馬力だ鉄腕アトムが臍にこたえて

ああ日記を書かなければといつのまに眠ってしまうだけでも違う

「いい歌は死んでもついてくると思うの」　酒井さんの声と歩いた

晩秋

胸騒ぎ抱えて歩む嫁がほら黄色いね黄色いと指さす

死にたてのブロンズ像になりたてのほやほやで風に吹かれ足らない

世界銀、とはウランの事と誰か言い辞書をひいたら載っている夢

質問は聞こえないけどえんとつの影でわたしを指さしている

——2009

得意げ

「つまり、あなたは自分が嫌いなのよ」

「そうかなあ。わりと自分大好きですけど」

「そういうことじゃないのよ」

できることなら自分と結婚したかったと嫁が何やら得意げに言う

一月

メモ帳を開こうとして電卓を開いてしまう%（パーセンテージ）

大晦日元日二日おふとんに包（くる）まりながらにして風邪をひく

うみどりの鳴きかわす声　朝練の野球部のこえ　ふとんにもぐる

おみくじのロクなことない末吉の待ち人だけは来たると告げる

静岡の長さに負けて三〇〇円コーヒーを買う行きも帰りも

見るときの気持ち右上に引っぱられて見るからたぶんいい絵なのだろう

宮中に行かなかった岡井隆を思いあぐねて顎鬚をあたる

社食には「山のほう」「海のほう」があり二〇円やすい山のほうのカレー

吐く息は白くながれてポケットに持ち歩きたいドアノブひとつ

海の感じが

高速道路のむこうの空の広がりに海の感じがしている　早く

ポケットに右手左手つっこんで肘で羽ばたくいい大人ふたり

いまの子は交換日記とかするのかな　ここで議論してもしょうがないけど

デパートの屋上に神社があって祈っていると小銭の音する

鳩

さよならはあおぞらに取って代わられて今日のわたしは人よりも鳩

出どころを探る

秒針の音しないのに取り替えた時計が４時の方向にある

歩道橋のつけ根になにが悲しくて銅のイルカを乗りこなす裸婦

万引きは犯罪ですと貼られてる窓から海を見る親子連れ

どこに座っても鳩が来る公園をおにぎりを食べながら　南へ

海に手はとどかなくってオレンジの浮き輪にさわってきた昼休み

ながいきをしてほしくなり昼下がりお茶を飲もうとマスクをずらす

腰掛けたまんま頭をめぐらせてぽぽぽぽぽぽの出どころを探る

季節はずれの冬のうた

ていねいに剥いでゆくスライスチーズのフィルムにのこる靄ではじまる

書いていい事とはずかしい事があり今朝ははずかしい事を書こうか

捨ててないなら実家のどこかにあるはずの星座早見が欲しいとおもう

いつのまに暦は春の急カーブ曲がりそこねてあふれ出す日々

ビニールで密閉されている窓をひざまずいて見下ろす　はじめまして

「きのうの夜はとてもいい顔をしてました　きのうの顔に会えてよかった」

奴はわりと何にでもなる気をつけろひからびかけた太巻のとぐろ

「いてほしかった」　言ってソファにしずむひとに私にできること　いること

斎場のとなりの団地の住人のように聞くながいながいクラクション

シャンプーとリンスのすき間の暗闇にお湯かけて少しずらすシャンプー

湯船から見上げる夜空　換気扇　その横っちょの灯りにしゃべる

歴代の彼女がなかよく暮らす夢からめざめて泣いたともだちの話

ラブホテルの角を曲がってT井くんにここのカレーを食べさせたかった

売り物のベッドにすわる「生きることは愛すること」と瀬戸内寂聴

てのひらをにぎる　便りのないのはよい便りだと思えるちから

病名がついて安心したような作者が最もよくしゃべる会

その場その場言うことが替わるわたくしの言葉が星ならば　冬の夜空

止まりそうにすべる各駅停車から教習所のすべてが見えたんだ

二次会の終わりにもらう花束は網棚にわざと忘れるつもり

低いほうにすこしながれて凍ってる　わたしの本業は生きること

回想

可愛いくっていさぎいいけど片思いしないで済んだタバコ吸うから

つける勿体

劇団四季はライオンキングを値下げして家族に感動を届けた
身に沁みないうどん抱えて歩むわたしにO型が大ピンチだと言う
海のなかで泳ぐこんぶが好きなものを好きと言うのにつける勿体
たぶん日々あんな調子で吠えてゆく雑種の犬はピザ屋のとなり
片側四車線道路が片側三車線道路にまじわる未明

しんみりとしてなるものか舞鶴市紙おむつ専用ゴミ袋
消防車の背中にしゃがみ木漏れ日におどろきながら行くおとこのこ

銀色かっこいい

アスファルト剥かれて砂利の浮く道にとりいそぎ書かれた停止線

一年に二度ほど嫁はリビングの壁紙が肌色になるまで怒る

このケンカ前にもしたな青木さんと　青木さんサザエさんのじゃんけん

ガムテープにバックスピンを利かせつつ電気の紐めがけて投げ上げる

マスクして呼吸に専念しています　銀色かっこいいベビーカー

オーブントースターの上のａｕの督促ハガキにただいまを言う

残高をたしかめるため歩いてく曲がりくねった見晴らしのいい

太陽を指さして「ひとつ」と数え　数えたゆびをしまう手袋

和風サラダうどん

デジカメのスライドショーをながめてるわたしはわたしたちはわたしは

独立行政法人都市再生機構　御中
コンビニで朱肉を借りて婚約届に捺印をした朝のガストで

何を言って言われたか忘れたけれどそのあと食べたうどん覚えてる

うつくしかった夕陽や橋や海老などのしおりのようにふたりは笑う

ぼくに先立たれる嫁のかなしみに甘夏ゼリー買ってかえろう

東京は美人が多い

東京は美人が多い　さっきから上が掃除機かけている冬

助手席のドアのつけ根に竹ぼうき逆立ててゆくゴミ収集車

思ったよりずいぶん歩く　振り向けばあんなにすけすけの練習場

電車から撮る夕暮れの手前には時雨ながれて乾いた埃

六甲のおいしい水が小刻みにふるえているとおしえてくれる

いろんな人がいろんなことを思ってる角川短歌十二月号

スケボーがうるさくて呼ぶ警察の　嫌という字はよくできて嫌

履きぐせのすっかりついたスリッパをみぎひだり逆にピザが来ている

ここ行ったことある遊園地のジェットコースターくぐり抜ける売店

たのしかった夢ばかり見るおふとんでほほえみながら目を閉じている

——2010

日暮里

わたしが建てる日暮里駅の階段のどこで手すりを終わらせましょう

千葉県に引っ越しました

坂をくだれば腿の高さの突き当たりにガードレールが見えている坂

過ちは繰返しませぬ　陽炎のほのおの向こうにピントを合わす

トイレから出てきた側の顔よりも入っていった側　好きでした

笑ってと言われて笑う父と子の子のほうがややましな歯並び

パン生地にふきんをかけて休ませる　国民の生活が第一

四角い海に垂れる灯りがゆれていて濡れている傘のいらない雨に

歳月をひと息でふき消すなんてしかも長いのは十年だなんて

ほととぎす来ればいいのに法的に切ることの請求が可能な枝に

平成五十年のぼくらは　点字ブロックにおくれて蛇行する地下歩道

夢

虫のいい夢から覚めてちょっと泣く　もう夕方であなたを起こす

#hinan　〜PortB「完全避難マニュアル」に寄せて

五反田
三日月につれられてゆく木星はひかりに掻き消され　靴を履く

巣鴨
押してあるいて止まってすわるおばあちゃんが小春日和にあふれているの

上野
ここだよね、ここだよねって携帯で地図を照らして額を寄せて

秋葉原
出会っても出会っても私　ほほえんでくれるあなたの手前にわたし

新大久保
健康的な小４女子と管理者に一筆入れてするツイスター

無人島ならローラーブレード持って出る祖国のためなら無論戦う

フェスティバル・トーキョー関連イベント、
クリストフ・シュリンゲンジーフ「外国人よ、出て行け！」上映会。

「中国人よ、出て行け！」という演劇をつまみに鶯谷で飲みましょう

答えは客の数ほどという作品は評価しないと嫁のさわやか

大塚

反対側の扉が開く　指で歯を彼はすすいでいる頃だろう

高田馬場

木々のむこうの団地のむこうに日が沈みたえることなくともだちでいる

あくる朝へんな時間に目が冴えて見上げる星空が劇場だ

目白

つぎは原宿、原宿を出て窓ひとつ真っ黒になる内回り、昼

もう二度と行かない場所をうぃるならうだん、うぃるならうだんって走り抜けてく

日暮里

オートロックの内側にある縁側に非常口からおかえりなさい

PortB（主宰・高山明）「完全避難マニュアル 東京版」は、二〇一〇年一一月に開催された演劇公演。観客はまずWebサイト（hinan-manual.com）にアクセスし、いくつかの質問に答えると、山手線各駅周辺に配された「避難所」のいずれかに誘導される。「避難所」がどのような場所かは明かされず、曜日と時刻の書かれた地図だけが示される。たどり着くとそこはモスクで礼拝をしたり、児童館で子どもと遊んだり、ホームレスのための炊き出しに立ち合ったりすることになる。「ここはシベリアのように寒いね」も、「完全避難マニュアル」の体験をもとに作られた。

ここはシベリアのように寒いね

上野公園・噴水広場、毎週土曜日午後〇時一五分。
セカンドハーベスト・ジャパンは、
まだ充分食べられるにも関わらず廃棄される運命にある食品を
メーカーなどから引き取り、
必要とする人たちの元に届ける活動を行う[*1]
ホームレスにカレーをくばる男は地味女はロハスぼくは見ている
公共の公園だここは炊き出しもその見学も許されている
毎週日曜日、午後二時四五分。
水上音楽堂の裏手にて、整理券が配られる。
受け取った約280人は、不忍通りを東に向かう
粛々とデモじゃないです一列に歩道の右をデモじゃないです

わたしたちの間に、会話はほとんどない。
私より身ぎれいな人も少なくなく、
すんなり列にまぎれて歩く。
行き交うひとの視線が刺さる

偏見をがまんしている口元をもしも絵心があったなら

千代田区外神田六丁目。
肉のハナマサの三階に、地の果て宣教教会はある

脱いだ靴はこれに入れろと渡されるレジ袋泥まみれくしゅくしゅ

あなたいくつ、ろくじょう　いち?
あなたの人生はこれからだ。アーメン!　信じます?
あなたがたとえろくじょういちまで生きたとしましてもまだ、
苗床にある苗といっしょなの、

苗がオレの人生終わったと思う?　無知だね無知　何にも知らないね

北朝鮮のミサイルより怖ろしいのは、たましいが肉におぼれゆくこと!

日本の宗教団体は、その多くが海外の援助活動には積極的だが、国内の野宿者問題に関しては消極的な対応となっている。一方で大半の韓国系プロテスタント教会は、日本人をキリスト教に改宗させるという使命をもって来日している。彼らにとって、野宿者は「日本人」であることには変わりはなく、重要な布教対象として把握される。[*2]

こんなニッポンをあったためてゆくの大変ねここはシベリアのように寒いね

日本では一日につきおよそ3139人が死んでゆきますアーメン？
ここに冬が来よう、来ています、来ました、

イエス様を受け入れる決意をしたら顔色桃色よ　ハレルヤ！

しかし暖房の効きすぎた教会で、
居眠りするホームレスによりかかられて感じるのは、
人はなかなか死なないもんだという、ふしぎな安心。

うなだれて祈ってるのかと思ったらねむっているの十中八九

アーメンですか？　と聞かれるたびにおとなりは爪切りながらアーメンを言う

礼拝がやっと終わると、いいにおい

ボランティアの人手はむしろ余っててお米も屋根も足りているのに

おかずにもごはんにも、ひとつ余分な味がついてる。
デザートにと、黒いバナナが配られてゆく
ソーセージが一番うまい炊き出しを掻っ込んで皆どこへか帰る

ふたたび噴水広場。毎週日曜日、午後六時一五分。
支援者はホームレスを「仲間」と呼ぶ。
仲間たちは慣れた手つきでベニヤ板を組み立て、
即席のテーブルに鮭弁をならべる
寸胴鍋のお茶に柄杓を突っ込んで紙のコップにこぼさないでね

手伝えば気が済んだのか手伝わずに気が済まなくて気が済んだのか

地の果てにおいて「信仰」や「救済」と呼ばれるものを、
ここでは「人権」「越冬闘争」と呼ぶ
生活保護共同請求やってみようかなって仲間はあの灯りの下に（だあれもいない）

第十一条　都市公園その他の公共の用に供する施設を管理する者は、当該施設をホームレスが起居の場所とすることによりその適正な利用が妨げられているときは、ホームレスの自立の支援等に関する施策との連携を図りつつ、法令の規定に基づき、適正な利用を確保するために必要な措置をとるものとする。*3

噴水よ聳えつづけよ　聖霊に冬の寒さに負けないように

立ち尽くすわたくしに声「バイトしない？　あした、一日。金になるよ」と

＊1　セカンドハーベスト・ジャパンＨＰ　2hj.org/about/

＊2　白波瀬達也「韓国系プロテスタント教会の野宿者支援」、『関西学院大学社会学部紀要』一〇三号、二〇〇七

＊3　ホームレスの自立の支援等に関する特別措置法（平成十四年八月七日法律第百五号）

――2011

七階にある

ごはんつぶの隙間がならぶ一筋にひかりは射してめんたいこ灯る

マンガ読んでて下向きながらつむじの先の窓の手前のあかるい空気

顔ばかり痩せて眼鏡をずり上げる父との外食はとんかつ

新館はもうデパートじゃないけれど連絡通路は七階にある

にわか雨のすこし左に見えている島に夕日がしずむ春秋

神奈川の明日は晴れて夕焼けに染まるパトカーの黒と白

天井の高い図書館に夜が来て手書きの下書きを持ち帰る

もう　しませんから

映画観にゆく地下鉄は乗り入れて水道水のおいしい駅へ

あなたは体のいちばん大きいほくろを強く意識しながら見るカツカレー

隅田川はたぶん流れでこれに沿って暮らしてる人も踏まえて渡る

このビルはカラオケになる私なら歌うためのビルそう思って建てる

祈るたびにちがう名前をつけていたような気がする神様を呼ぶ

外人に道聞かれたい夕暮れは缶ポタージュを振るのわすれる

うさぎ追いませんこぶなも釣りません　もう　しませんから　ふるさと

駅なので駅

歴代の同級生とめざしてる　めざすといえば駅なので駅

ボールペンまわすわたしに嫁がいて嫁はふすまの向こうにもいる

この川はまだまだ伸びる両岸を埋め立てられて川ののびしろ

あのほそい風車は回り日の丸となにかの旗のひるがえる音

遠くの　みじかい悲鳴が聞こえた　気がする方向のベンチに顔

音のない風が耳たぶをさわってゆく　窓のむこうはテレビを見てる
いつになったら目が慣れてくる暗闇の高さがさわれずに立っている

朝刊

コボちゃんの植田まさしの悔しさは十六日の朝に極まる

証言、わたし

これわたしの家内の実家の船なんです　わたしの家内の、妻の実家の
玄関です　ここに鍵があって開けるんです　階段があって8畳、5畳
前のめりのヘリコプターは水平に左ってことは北東へ向かう
あそこに相当遺体があるのではないかとわたしは思っています　瓦礫（ガサモク）
変わっていない　ただ水が引いただけです　　ご遺体のみなさんにあやまりました

三階を流されてゆく足首をつかみそこねてわたしを責める

情報提供はなかったです　うん、なかったです　どうなんですかねえ責任の所在が、

ただいま　波が　押し寄せて　おります
じいちゃんこっちこっちじいちゃん上がってこぅてば　くそっ、手も足も出ねえよこれじゃあ
撮ってたらそこまで来てあっという間で死ぬかと思ってほんとうに死ぬ

えー　なんとか無事ですが　器物損壊などの被害が、　津波が来るそうです

棚にきちんと

被災者が踏み出したその第一歩を本誌は現場で見守り続けた
真心の「板の間」正座60分に１２９人が涙した！
まだ小学一年生の希歩ちゃんは、はにかんで答えた「特になし」。
新品を買わないようにすることです。アップリケをつければ十分ですよ
ペ・ヨンジュンのコメントが行き届いてる女性自身を棚にきちんと

高橋さんがビニール傘で小名浜の桜の開花を宣言します

それから四月の終わりにかけて

足の甲あんなに曲げて電線に飛べばいいのにしがみつく鳩

横浜のはずれにいた。
なにもかも繋がらなかった

震源は奈良説ながれ、公園の不安な子鹿が心配された

東京タワーの先端部わずか折れ曲がり安藤優子にヘルメット似合う

イオンさんの地下一階・食品売場ゆきエスカレーター、二時間半待ち。
あきらめようかどうか、一階のサーティワンでアイスを食べた

レジの人がぼくより偉く見える日にケニアの薔薇を買って帰った

コンビニで1リットルを2本買いお釣りを募金したぐらいでは

家にある物を食べてる　大陸から強い寒気は流れ込んでる

土の上に市の職員が黙祷をおこなうために集まっている

「ただいまの黙祷をもちまして救助活動は中止、終了ということでございますから、

　悲惨な映像をくりかえし見てしまうたびに、ぼくはぼくの死、から遠ざかるのだとすれば、ぼくらはぼくらで一日、一日をたのしまなくてはならないね。ていねいにたのしむことでぼくは一日、一日ぼく自身の死に近づいてゆくことができるのではないか、と、それは心底そう思うのだけれど、この考えは何から遠ざかろうとしているだろう、か。

この津波から学ぶべきこと特になくデーブ・スペクターにいささか学ぶ

ほんとうにとてもかなしい都市ガスで水を沸かしたあたたかいもの

　遺体が見つからないと先に進めないという気持ちが、正直よく、わからない。
　遺体が見つからないと、ひょっとして生きてるんじゃないか、みたいなことを思ってしまうかもしれないけれど、でもまあどう考えても死んじゃってる場合、死んじゃった時点で本人のつらいのは終わってるんだから、遺体が見つかってても見つからなくてもそれ以上悲しくなりようがないんじゃないかなあ、違うかなあ、やっぱり他人事だからそう思うのかなあ、

自分事だとしてもおそらくそう思うと思うけどなあと嫁に言う

みんな原発やめる気ないすよねと言えばみんな頷く短歌の集まり

ほうれん草もりもり食べて経済をぼくの分まで回してほしい

へんな音がして襖を開けると、嫁が泣いてる。
どうして？
「これが全部夢だったらいいのに、と思うけど、
もし全部夢だったら、
夢のなかで一ヶ月以上もつらかった、人たちが、
あまりにもかわいそうで泣けてきた」。
よしよし、夢じゃないからね。

夢だったらいいのにという引き出しがないか小さいので入らない

かんがえごとにも二種類あるという声も考え事になり朝が来る

がんばろう浦安　それはがんばろう　無印良品でチノパンを買う

被災地をこの目で見たい　松戸へは右折うながす標識の下

冷静に逃げ遅れたい　行きつけのコンビニにいてちょっとだけ泣く

実際のそれ

宮城県　　宮城県　　宮城県　　ガードレールの支柱はつづく
泥水の瓦礫の底にそれらしき目で掻き分けてよく見れば基礎
死体はありません。　手をつけないで！　連絡先：加藤　０９０－＊＊＊
まるでガレージだったみたいな一階と実際ガレージだった一階
心臓が震えて胸を逃げ出そうとする３６０度何もない空間の瓦礫にすくむ

いま来たらここ駆け上がる石段をのぼれば本気のテントは並ぶ

金光教気仙沼教会〈一歩から二歩の間に辛抱が要る〉

電気はそこまで来ているが信号の必要性が低いのだろう

泥の上にぐじゅぐじゅの畳を裏返しにならべた道は石段へつづく

ハザードマップ、瓦礫と町を分ける線／そして今回の実際のそれ

顔や人や獣のかたちにつくられた物まとめられ救助のように

あしたまたここに来て履く長靴が立っているがらんどうの一階

一度ざっと水で洗った革張りの汚れてもいいソファー、潮騒

3・11以降の夏バテを考える

連休が遺体に見える　連休は天気保ちそう沖縄以外

こないだのカレーを皿になぞりたくて今夜のカレーを底からすくう

羽根のない扇風機から3号機の建屋は見えてとてもすずしい

午後4時のシャワーうなじに当てている　お湯になったら壁からはずす

二日後の河北新報朝刊の「生きてほしい。」ではじまる社説

ボランティアに行ったあなたと行きそびれたぼくの夏バテはひと味ちがう

テレビつけたまま寝てしまうクーラーつけて寝てしまうトイレあきらめて寝る

NORMAL RADIATION BACKGROUND 1 池袋

「国土変遷アーカイブ」[*1]で「東池袋三丁目」を検索すると、さまざまな西暦の空中写真を見ることができる。それは、先が6本あるフォークの形をしている。ほどよく拡大したそれにトレーシングペーパーを載せ、ボールペンの青でなぞったものをゼンリン住宅地図「豊島区」に重ねる。すると私の今ここ、サンシャイン60の1階シアトルズベストコーヒー、カウンターに向かって右手前の1人掛けソファーは、いちばん左のフォークの先、すなわち、巣鴨プリズン主監房一号棟入口に重なる。A級戦犯・東條英機はこの上の2階GAP KIDSに収容され、死刑判決確定後は五号棟3階独房・ナムコナンジャタウンにて、その日を待つこととなる。[*2]

入場料300円の領収書を石原慎太郎様宛でもらう

ここ3階、ナンダーバードは軍隊の町ですので、
あいさつは敬礼でお願いいたします。
さあごいっしょに元気よく。
気をつけ、全員、敬礼![*3]

38になる私だが敬礼をするほめられる悪い気はしない

死刑囚の独房は三畳敷、歩ける場所はたった二畳にしかすぎない。のこりの一畳ぶんは、ドアと真向かいにある机がわりとなるフタつきの洗面台と腰かけの代用の洋式便器、それにちいさなつり棚。（略）

運動も中庭で散歩ができる雑居房の住人にくらべ、死刑囚は、たいがいは週にきめられた時間、昼も暗い三階の廊下を、ジェイラーに見はられながら、往ったり来たりするだけである。[*4]

1950年代のアメリカを往ったり来たりするだけのわたし[*5]

「『笑つて行く』と署名してある壁文字を遺書おく棚のわきに見出しぬ[*7]」

井上乙彦、52歳（名前の由来：不明）[*6]。

昭和25年4月5日、夜。

死者の声に耳を澄ませることは、

死者の生前の声に耳を澄ませることと、同じだろうか?

遺書はこうなんかものすごい生きちゃってて死とは別物のような気がする

しかし私には、全くもって霊感がない。

死ぬことが決まっていた人が
くりかえし、くりかえし歩いた空間を、
くりかえし、くりかえし漂うことしかできない

中学生の東條英機に聞いてみる総理になったら何をしますか[*8]

死ぬときにもういちど声変わりしてあなたの声が聞き取りにくい

ひどく疲れて、お金がない。

ハンバーガー単品と、マックシェイクのストロベリーS。

放課後のマクドナルドの丸椅子をスカートで包みパンツで座る

サンシャインシティにへばりついてく

首都高速5号線を見上げて歩く。

いつか誰かが通り過ぎたここを

今のわたしが通り過ぎてく

この道をわたしが通り過ぎるのをカメラを持って待っている人

東池袋中央公園、

「永久平和を願って」

こころの眼で彫られた文字を塗りつぶしひとつの岩に頭を垂れる

広島平和記念公園、

「安らかに眠って下さい

過ちは

フクシマが鎮もればそこには岩が置かれるだろう　何と彫りますか?

繰返しませぬから」

＊1　archive.gsi.go.jp/airphoto/　現在は閉鎖され、「地図・空中写真閲覧サービス」（mapps.gsi.go.jp/maplibSearch.do）に統合。

＊2　監房の位置については、重松一義編『巣鴨プリズンの遺構に問う』一九八一

＊3　アトラクション「ボムレンジャー」開始時における、お兄さんの口頭説明。客が1人の場合も、「全員」と言う。

＊4　小林弘忠『巣鴨プリズン』一九九九

＊5　「ナンダーバード」は、一九五〇年代の古き良きアメリカの街並みを再現している。namja.jp/about/story/story06.html

＊6　＊8　「NORMAL RADIATION BACKGROUND」シリーズは、PortB「国民投票プロジェクト」に参与しながら書いた作品。プロジェクトでは東京と福島の中学生にインタビューを実施し、「名前の由来は何ですか?」「総理になったら何をしますか?」は、その質問項目。詳しくは後出「わたしが減ってゆく街で」を参照。

＊7　井上乙彦の辞世。巣鴨遺書編纂会『世紀の遺書』一九五三

NORMAL RADIATION BACKGROUND 2 西新宿

あるところに、あたらしい町が生まれ、
住民たちが話し合いを進めていました。

町民A「学校や公園をつくるのに、どうやって決めればいいの？」
町民B「火事になったときの消防の仕事は？」
町民C「住民みんなの意見をきいて、話し合いで決めましょうよ」
町民A「それは無理よ、住民はたくさんいるんだから」
（ざわざわ）

もんだいは、町づくりをどう進めるかということです。
町いちばんの物知り、ミントさんが話しはじめました。

ミント「やあみんな。いまわれわれは自分たちの地域の政治を自主的に行おうとしておるわけじゃが、これを地方自治という。そこでじゃ。この地方自治を実際に行っておる、東京都のシステムを見習ったらどうじゃろうか」

町民Ｂ「いいねえ」

町民Ｃ「それはいいアイデアだね」

町民Ａ「わたしもさんせい！」

（ざわざわ）[*1]

背広から生えてる翅が羽ばたいてシロツメクサの先端にとまる

児童館のプールを隠す壁の上、

都庁のふたつの頭が見えて

東京都新宿住宅展示場、ダイワハウス。

「……最初から中古で買って、5年ぐらい住んで、転勤になったら売る、誰かに貸す、という選択肢もありますね。新築で買うと、何年か住んで転勤、誰かに貸す、戻ってくる。すると、人の気配がする。じぶんの家じゃない、みたいな感覚がある。中古で買うと、その感覚は大丈夫です」

階段を込み入った話おりてくる　クローゼットを熱心に見る

セキスイハウス一階のリビングで、まずは**アンケート**にご記入ください。

・見学したい工程　・確保済の土地の有無　・ご予算　・家族構成　……

実際には（たぶん）これからも、嫁とふたりぐらしの私だが、アンケートでは娘とでっかい犬も飼って、新居には父を呼び寄せふたり目の子どもは迷っている。このまま家賃を払い続けるのも、と考えていたところを、たまたま仕事で通りすがりましてね。

こういうとき嘘がつけないわたくしは祖父の名前をえんぴつで名告る

「あ、おなじ斉藤ですね」と斉藤さんが思い浮かべるわたしのかぞく

――実際の家と、つくりに違いはありますか？

「構造体は同じ、内装はやや豪華に。クロスの仕上げはちょっと雑です」

――ちょっと雑。

「ええ。なにぶん工期が短いもので」

――なるほど。ところで震災のあと、変わったことはありましたか？

「半年ですね。耐震性ですとか、火に強いかといったご質問が増えますのは。阪神のときもでしたが、まあ、半年です」

――じゃあ、もう今は。

「はい、今はもう。」

被災地と被災地つなぐ国道に幸楽苑を五、六軒見た

人の気配がしないというより、
気配のなさがとてもしている。
築2年の壁紙やフローリングは、
はたらく人やおとずれる人の立てる埃や震えで
真新しくくすんでいる。
そのくすみと不釣り合いな
使われない水まわりの、ホーローの白のまぶしさが
何かが引き算されている、感触をもたらす。
この家には、いない者がいる。
この家には、
かつて生まれたことがなく
これから生まれることもない
あたらしい人が住んでいるのだ

すべり台の向こうに見える今さん家がセキスイハイムに見える夕暮れ

あ行の達也が、いちばん好きな景色は
「家から見える道路」

と答えたとき、わたしには
家から見える道路が見えた。
それは、住宅街の一方通行の道が
片側一車線にまじわるT字路だけれど
窓の終わりに断ち切られて
まじわるところはいつも見えない、
止まれの止まの右半身が見えている。
わたしに見えたこのT字路を
わたしは見たことがない気がする。
このT字路がもし、達也の窓からも見えないのなら
どの窓からいつかわたしは
このT字路を見るのだろう?

ありとあらゆる窓から見える道路だろう走馬灯のようにかけめぐるのは

わたしたちの黙祷はなぜ
2時46分にはじまるのだろう。
死のほとんどが津波によるものならば
わたしたちの黙祷は、冥福ではなく
揺れがおさまり、

津波がおとずれるまでのしずかな時間を
彼らがとりもどそうとした些細な生活を
祈っているのだろうか。
ひどくしずかな町で
ある者は加湿器からこぼれた水を拭い、*[2]
ある者はマネキンに服を着せ、*[3]
またある者は被害のすくない部屋に籠り
ステレオの脚の修理に没頭していた。*[4]
ある者はそして生きのこり、
またある者はながされる。
生きのこった者に、鳴らなかった防災無線が
2時46分を告げている

四分間の激しい揺れはおさまって住宅展示場のようにしずかな

あたらしい町で
あたらしい人がとりもどした、しずかな生活に
キャラバンカーが止まっている
小雨が降っている
この町の使えるトイレは

インフォメーションセンターにしかなく、
ミサワさん家やヘーベルさん家から
ビニール傘のしずかな町民が
ときおり用を足しにゆく。
なんだろう、あれは黄色いちょうちんが
ビニールの向こうで、やけににじんで。

お盆って忘れたころにやってきて青海苔つけて輪になって笑う

ミント「いやいやホープ博士、たいへん勉強になりました」
ドリー「ほんとうにありがとうございました」
博士　「お役に立てて光栄です」
ミント「さあドリー、町に帰ってみんなにおしえてやろう」

ミントとドリーの町では、さっそく選挙が始まりました。
議会をつくり、自主的に地域の政治を行う準備が進んでいます。
【東京都議会】[*5]

わたしたちの1人娘はこの町のセキスイさん家にあずけて帰る

＊1　都議会紹介アニメ『ホープ博士に会いに行こう！』。東京都議会ＰＲコーナーにて、繰り返し放映。

＊2　東松島市・相沢勝氏の証言。「地震発生時、相沢さんは妻と1階でテレビを見ていた。経験したことのない大きく長い揺れに驚き、テレビの緊急速報は津波の「襲来」を告げていた。2階の長男に声をかけると、「加湿器の水がこぼれた。ふいてから行くから先に逃げて」」。『ＡＥＲＡ緊急増刊　東日本大震災１００人の証言』二〇一一年四月一〇日号

＊3　名取市閖上地区住民の、アンケート回答。『ＮＨＫスペシャル　巨大津波　その時ひとはどう動いたか』二〇一一年一〇月二日

＊4　名取市閖上・高橋温子氏の証言。＊3に同じ。

＊5　＊1に同じ。

受け取ってください

地べたにある駅のホームに降り立って昇って歩いて降りて改札

フクシマに同情するから金をやる　おまわりさんの言うとおり歩く

無記名の歌会でみんな笑ってて遺影のようにほほえむあなた

どこからの雨に降られてありがたく感じなければ疲れてしまう

声がしてけむりの花火　にっぽんはもうちょっとできる子と思ってた

線路沿いの道を電車で来たほうに歩いてつぎの電車を待った

——2012

死ぬと町

ららぽーとカーブしている三階の紳士靴売り場はカーブする

スタバからトイレに向かう近道は紳士靴売り場をカーブする

腰をおろすスロープのぶ厚いへりに背中はもたれ階段に立つ

エスカレーターいったん平たくなるところわりと長くて歩きだすところ

地下で買う弁当の紐ほどかれる屋上に出て湯気は出ている

地上低くでは道なりに吹く風と外堀通りは曲がって曲がる
五階から上は斜めになるところ三角形に吹き抜けてゆく
十字架の聳え立つ屋根の角度も建築基準法を満たして
往復の行きの帰りの高速の上り下りの羽生あたりの
地図状の道路を曲がる　カーナビは「太平洋」におおわれてゆく
そのように津波は起こる　このように津波は起こると解き明かされる
ところどころ〈代行バス〉の立て札を〈代行バス〉は必ず曲がる

（ながされてしまった石のこの下でいつまでねむるつもりでしたの）

七分後に港を発った釣り船は十五分前の津波を越える

駅すぱあとによると14時52分が今の私の横浜の今

つぎの土曜日がやって来てだいじょうぶ。また来るからと土にかえった

二〇四〇年、住宅の四割が空家になると推計される

首都圏に四年以内に直下型地震が起こる確率がある

人口に応じて町はそれぞれに理想の高さ・広がりを持つ

その際にあるいて逃げる坂をくぐる車は海へカーブをえがく

盆踊りの密度を上げる　くすのきを盆踊り広場の周りに植える

すべての菜の花がひらく　人は死ぬ　季節はめぐると考えられる

町の絵の写真と町の絵の動画の一時停止を見くらべる町

◇

デパートも取り壊されて各階のS字が見える気がするところ

さまざまなS字を描きデパートのトイレに出入りしてた足音

引越し屋さん見送った部屋の四隅の三つの隅に3人は立つ

世田谷の見上げてまるい空の北　練馬のまるい空はひろがる

街路樹の透きとおるほどどこまでものびてくる道　今はよかった

春になれば春の終わりにタクシーの屋根も葉桜映しゆく道

降りはじめの強くなりそうな雨は今しばらくのまま降りつづけている

虹

晴れてたらかならず虹に見える滝を晴れている日に虹を見ている

手帳につけた5分の歌

腰を浮かすほどではなくてぼくはいま何色にすわっている　丸椅子

北を上にしている地図の新宿を右にまわして左に曲がる

郊外のすごいガソリンスタンドに止まるワゴンの面積に屋根

水のかがやき渦なす岸にほんとうに5分は過ぎてもう5分いた

くすのきをこぼれる光ふくらんでジャングルジムの全容をつつむ

苛々は手帳につけておかなければ折り畳まれた思い出になる

草がのびた町の写真というだけで福島に見えてしまう　いつまで

空間

来て人が隣に座るフランス語で空間という名のパチンコ屋

昨年の今ごろとこの町の日時計

きのう見ためずらしい天気予報の答え合わせのように服着る

役の上で死んだ男がいつまでもか舞台袖にいる演出の流行り

本は物　すべすべの表紙をもって行っていくらさすっても仕方がなかった

わたしたちいなくなってく校庭に保護者たちお金出して日時計

歩道橋ふしぎに多いこの町を三歩ずつ三歩ずつ見下ろす

昨年の今ごろだから山肌に気仙沼まで藤が垂れている

走ってると気づくまでしばらくかかり目をとじたまま座りなおした

予言、〈私〉

~~斉藤斎藤~~

「腐敗した豚」が空から撒かれ、廣島のあらゆるものが腐るであろう。

アイソトープで日本全国の銭湯は原子力温泉になるだろう。

原子力利用して結核菌撲滅出来ぬのか胸痛む日はひたすら思ふ

いまの十倍あかるい街で人間はほとんど遊ぶようになるだろう。

幽霊にゆかりのものまでピカドンがふつとばしてしまつたのだろう。

「水爆を抛棄せよ犠牲者を救済せよ」「実験継続に成功す四月六日」

太陽に相当したものを人類が手に入れたのだから当然だろう。

でも、これをよいことに使えば使うほど、恐ろしい力で役立つだろう。

才能を疑いて去りし學なりき今日新しき心に聴く原子核論

「『それを思い出して何になるのだ。』と彼等は苦々しく云うだろう。」

NORMAL RADIATION BACKGROUND 3 福島

　郡山・うすい百貨店前、 0.58μsv/h （HIGH RADIATION BACKGROUND）[*1]

鳥インフルエンザの折に買い込んだマスクがせめてもの役に立つ

　福島縣商工信用組合前、 0.78μsv/h

エアバッグが鳴らしつづけるクラクションに事故か事故だと群がるところ

　転げ落ちた墓石は一角に取りまとめられ。
　或る石はまた或る石に凭れかかって、 善導寺。 1.18μsv/h

人差し指と中指にガイガーカウンター挟んだ右手に左手をあわす

　某幼稚園前、 1.02μsv/h
　寺の名前は出して、 幼稚園の名前は伏せる。
　この線引きに、 確信は持てていない

真新しくあかるい土に園舎まで人工芝が渡されている

　菊池記念こども保健医学研究所講演会
　「甲状腺と放射線　～この関連について一緒に学びましょう～」
　於・郡山ビューホテルアネックス

「チェルノブイリで増えたのはこの乳頭ガン、ガンのなかで最もだいじょうぶなガンです
　これ科学的じゃ全然ないんですが、
自分の身になると客観的なものの最低六倍は心配します」[*2]

携帯をいじり誰かを待っている女子高生のように測った

　福島駅東口・芭蕉と曾良の旅姿立像前、0.78μsv/h
　クリスマスを前に、駅前広場の大イチョウには
　電飾の黒いコードが巻きつけられてく

　「いま大切なのは、いかに早く適応するのかということです。

悲しいことがあったからと言って楽しいことを中止にするのは間違っています」[*3]

　すこし歩いた駐車場、1.22μsv/h（DANGEROUS RADIATION BACKGROUND）
　液晶が真っ赤に染まる。警告音はとっくに止めた

むかしタバコ吸いながら佇んでいたところが高い自販機の脇とか
　　渡利地区・弁天山公園中腹、2.04μsv/h
人の気配　黒いでっかいつやつやの犬が鼻から降りてきて人
　　「第１回安全・安心フォーラム　～除染の推進に向けて～」
　　飯坂温泉・パルセいいざか、0.58μsv/h
「東京のような、もうほんとうに福島から見ると、何を心配してるんだという
　ようなところでもですね、やはり母親たちが逃げていたりですとか」[*4]
「あくまでも心理的なものが、非常に大きいんですけども、行政としては
不安の連鎖を断ち切るために心配する人に焦点を当てる以外ない」[*5]

本日司会を仰せつかりました磐梯熱海温泉おかみの会の片桐栄子と申します。福島に降り注いだセシウムは、１３４と１３７がほぼ同量と言われています。この曲線をちょっと下げる、もうちょっと下げる、これが除染の実際でございます。福島で生きる。福島を生きる。ならぬことはならぬものです。二年は除染しないでください。でないと川に流れ込んで全部こっち来る。証明できるかどうか議論していて、尿中のセシウムが６ベクレルに上がっていくのを防ぐことができますか。女の子の満足度をとにかく追

求したくて東北最高レベルの時給をご用意しました。今なら被災者待遇あり、託児手当支給。逆に元気をもろたわと鶴瓶が家族に乾杯します。人が生み出したものを人が除染できないわけがない。岐阜と神奈川では年間0・4ミリシーベルトも違う、そのくらいの相場感でわたしたちは大好きなふくしまで今このときも生きています。わたしたちはゴジラではありません。和合亮一です。おかしなことを言っていますが本気です。福島はこれからも福島であり続けます。伝えたいことはそれだけです。[*6]

謹んでお見舞いを申しあげます。
このたびの東日本大震災におきまして、被災された皆さま、
そのご家族の方に、避難されている皆さまに対しまして、
こころよりお見舞い申しあげます。
東邦銀行は、「すべてを地域のために」を
新たなコーポレート・メッセージといたしました。
これからもふるさとと福島県に根ざし、未来への確かな希望と
皆様をつなぐ架け橋になりたい。それが私たちの願いです。
すべてを地域のために　東邦銀行[*7]

アーケードに白地に赤く福島が、白い猪苗代湖がはためいている

豊島区西池袋・ロサ会館7階26番レーン、0.14μsv/h

ボウリング場／死体安置所／ストライク　NORMAL RADIATION BACKGROUND

枝豆、0.10μsv/h[*8]

二本松市ゆうきの里・国分フミ子さんの、イトーヨーカドーの顔が見える野菜。

＊1　ガイガーカウンターはロシア製・SOEKS-01M（1.CL）を使用。二〇一一年一〇月から一一月にかけて、筆者の腰の高さにて約一分間計測。

＊2　財団法人東京都予防医学協会・百渓尚子氏の発言。

＊3　構成劇「ふくしまからのメッセージ」（youtube.com/watch?v=w-aLucdIXXI）、第35回全国高等学校総合文化祭（ふくしま総文）。二〇一一年八月四日、於・會津風雅堂。

＊4　金沢工業大学科学技術応用倫理研究所・大場恭子氏の発言。正確には、「東京のような、もうほんとうに福島の方から見ると全く、何を心配してるんだというようなところでもですね、やはり母親たちが逃げていたりですとか」。

＊5　福島市政策推進部長・冨田光氏の発言。

＊6　片桐栄子氏の発言（郡山市・東日本大震災復興市民総決起大会）／冨田光氏の発言（安全・安心フォーラム）／

和合亮一『詩ノ黙礼』／会津若松市・青少年の心を育てる市民行動プラン策定会議「あいづっこ宣言」／パルセいいざか二階ロビーにおける相馬市民の発言（安全・安心フォーラム）／児玉龍彦『内部被曝の真実』／大江戸ギャルズ郡山店広告。『求人 ＭＯＭＯ 福島版』二〇一一年一〇月号／電力中央研究所・服部隆利氏の発言（安全・安心フォーラム）／構成劇「ふくしまからのメッセージ」／ＢＯＯＫ ＥＸＰＲＥＳＳ福島駅東口店レジ横のＰＯＰ、からの引用を含む。

＊7 東邦銀行、店頭ポスター。

＊8 市販のガイガーカウンターによる食品の計測に、科学的な意味はほぼない。

遠く

ポケットティッシュがくばられてゆく駅前を箱根彫刻の森美術館ほど遠く感じた

いつもよりも生きてしまった　たくさんの人が生きて死にかたづけれられた町で

信号を待つさみどりのスジャータの運転席のもげやすいこと

——2013

犬がね、

犬がね、とあなた言うたび駆けてくるばくぜんと透明な四つ足

ない

立ち読みの顔を上げればバス停にすこし離れてそびえ立つ漁船

　レジに置く写真集それとあんまんをひとつ。いっしょでだいじょうぶです

コンビニも流されている写真集を建て直されたコンビニは売る

　昨夜から未明にかけて、沿岸部にはめずらしいという雪が降っていた

駐車場であんまん食べる　タクシーはわたしをあきらめて加速する

　砂利で嵩上げされた道路は、必要の幅だった。

　海びたしの土に降りて、すれ違うダンプを待ったのだった。

泥水のうわずみは光を返し撮るといちまいの青空に見えた

　ひとつ前の携帯に残る写真（データ）が見たくなるたび充電をした。

ここは青空のまん中だったここだった真っ黒焦げのどこ行きのバス

あの水をどこへ消したのだろう
車窓に見える冬田のような、道よりも一段ひくく更地がつづく
いちめんのない　片付いた工場のない屋根に大群の鳥の黒　ない

それから絶望感に押しつぶされそうになりながら、いつかやってくる日をひたすら待ちました。

メルトダウンに最も近いパチンコ屋で浜崎あゆみを2千円打つ
ひとつひとつ座席を包むビニールを取り換えているいつどこで誰
コインランドリーハムレットⅡ前路側帯に全面（半面）マスク着用省略可能車
二ツ沼運動公園　パークゴルフ場
押してみてやはり流れぬ公衆（おおやけ）の朝顔よりはそのへんに　する
お気軽においで下さい。　第一聖書バプテスト教会（原子力センター裏）
いちどは棄てられた町のブロック塀に「考えて下さい　死後の行先」
「犬猫より人間」という肉筆の画用紙で封じられている家

上がりかけてバーを抜かれた遮断機が青空の果てをつらぬいている
廃線をいつか歩いてみたかった　こんないつかじゃなかったよ楢葉
パトカーの福島のひとほほえんで「こんなところでどうされました?」

私の当事者は私だけ、しかし

短歌には、「私性（わたくしせい）」という原則がある。ごく単純化して言うと、作者はじぶんを主人公にして、実生活をベースに、一人称の視点で作歌しなければならないという原則である。裏を返せば、フィクションを三人称で歌にしてはならないということだ。かなりゆるんで来ているけれど、現在でもなお私性は、短歌の基盤をなしつづけている。

私性とは、最もせまく、最もつよい当事者主義である。私の当事者は私だけだ。あなたの当事者はあなただけなのだから、私はあなたの体験を語るべきではない、というのだから。当事者性の問題を歌人が考える場合、非被災者は震災についての創作を控えるべきか、とか、原発事故における加／被害者とは誰のことか、といった、震災をめぐる具体的な問題より以前に、私性の問題、即ち、そもそも他人の体験を私が歌にすることは許されるのか、許されるとすれば、それはどのような資格においてかという問題に、ぶち当たることになる。

◇

すこし遠回りになりますが、短歌ではどうしていまだに「私性」なのか、その説明をさせてください。

近代以降、現在にいたるまで、短歌の文体を基礎づけているのは、正岡子規の写生論である。子規は、それまでの和歌の共同体的な約束事をリセットし、この私の、この肉眼に見える世界を見たまんま書くという方法論により、短歌の革新を成し遂げた。

瓶にさす藤の花ぶさみじかければたたみの上にとゞかざりけり　　正岡子規

藤の花ぶさの先端がぎりぎり畳にとどいていない、その畳と先端とのすき間がよく見える、という歌である。よく見えているのは、見ている人物が寝転んでいて、畳すれすれの低さの肉眼で藤の花を見ていたからだ。たたみや藤の花だけでなく、藤の花の見え方が、そして藤の花を見ている人物の位置と姿勢が、この一首には書かれている。

一首に書かれていないのは、藤の花を見ているこの私がもうすぐ死ぬということだ。なぜわざわざ畳に寝転んで藤の花を見ていたのかというと、それは私が病気で、ふとんに寝たきりだったからだ。病気のことは、一首に書かれていない。しかし、私にいま見えている世界が、私への見え方に厳密に描き出されることで、私には書くことのできない私の死が、書かれないという形で、一首の裏側に貼りついている。

写生とは、私の生を写すことである。生を写すとは、一首の余白に私の死を、写さないという形で写すということだ。


味噌汁は尊かりけりうつせみのこの世の限り飲まむとおもへば　斎藤茂吉

茂吉晩年の一首。もちろん自らの死が意識されているのだが、書かれているのはあくまでも、目の前のこの味噌汁である。死を裏側に貼りつかせながら、私の目に見えるこの世を、生のありがたみの側から書く。これが「私性」の根本的な態度である。

作者が自らの実生活をベースに詠わねばならないとされているのは、そうしなければ写生の歌が、私の死、という裏づけを失ってしまうからだ。

私の死は詠えないとして、それでは短歌は、他人の死をどう詠うだろうか。
成員の死を悼む共同体の作法があり、挽歌という形式に則ることができた頃、私たちは後ろめたさを必要としなかった。しかし「写生」である。私の目に見えるあなたの死を、私の生の側から写したら、味噌汁のように尊くなってしまった。あなたの不

在を私は、私の喪失感としてしか、悲しみのありがたみとしてしか、書くことができなかった。いい気なものだ、という声がした。

　だから私は死については、正確に黙ることしかできないと考えた。書くべきでないことを書かない、その沈黙の厳密さにおいて、行間の余白の束が祈りとなって立ち上がりますよう、そう願って、そう書かないできた。うっかりして例外がないではないが、基本的にはそうしてきた、震災の前までは。

◇

　共同体の弱体化した現在、たとえば文学において、死者と生者をつなぐ何らかの回路を建築する必要があるのだろうし、震災以降、そのような試みをいくつか見た。それらの試みを否定するつもりはないし、私自身、心を動かされもしたのだけれど、と同時に、動かされてはならない、と踏みとどまる動きがあった。

　あるいは小さな共同体、ともに長い時間を過ごしてきた友人や恋人や家族たちが、互いに互いの彼岸を共有することはあり得るだろう。互いの一人が死んだとしたら、私があなたを悼むではなく、私たちが私たちの喪失を悼む、ということがあり得るだろう。

　そのような私たち‐たちが大量に、ほぼ同時に流されてしまったのだとしたら、誰が？

◇

生きていたらあなたは、私が苦しみつづけることを望まなかったに違いない。逆に私もそう思うから、逆にあなたもそう思うだろう、一片の疑いもない。だとしても私は、立ち直ってはならないと思う。あなたが今もそう思っていると、私は感じてはならないと思う。

死者の存在を感じる。この感じるは私が、生きているからに過ぎないと思う、この思うもそう。

私の当事者は私だけ、しかし。あなたというあなたの当事者はもう存在しないのだから、あなたの死は私の生のありがたみにおいてのみ書かれることができる。私の生に書かれなければあなたの死は、存在しないみたいだろうか？

◇

いわゆる「当事者」であればあるほど、自らの〈当事者－ではない－性〉に打ちのめされつづける、ということがあり得るだろう。

このような素朴に逆説的な図式化が、さらに「当事者」を苦しめる。のこのこやって来てあの馬鹿は、当事者ではない。当事者であればあるほど沈黙してろと言い散らし、のこのこ帰るあの馬鹿が当事者である筈がない。しかし、あの馬鹿に私が怒っているのだとしたら、私には怒る資格があるとでも思っているのだとしたら、まるで私が当事者みたいじゃないか。

当事者はもっと怒るべきだ、と別の馬鹿。

◇

書くべきでないこと、書けないこと、書くと違う意味になってしまうこと、かろうじて言葉にできたとしても、人に伝わると別の意味になってしまうこと、しかし、言葉にするそばから私には伝わってしまうのだから、いずれにしても別の意味にはなっているのだろうか、いや、別は別でもその二つに違いはある気がするし、書くだけ書いて引き出しにしまっておくことは可能だ。しかし、書かないことと引き出しにしまっておくこととの違いが、沈黙することと思わないこととの違いが、あなたに伝わり得るのだろうか？　伝わり得るあなたがもう存在し得ないのだとしたら、その二つに違いがあったからだから何だというのだろう？

◇

私は世界の中心からずれてしまった。私は私の当事者でなくなってしまった。私が言葉を失っていたのだとしたら私が、私の喪失感と、私の当事者でなさとのあいだで、引き裂かれつづけていたからではないか。と、言葉にしてみてしっくり来ない、私は言葉をとり戻してしまった。

誰の当事者でもなくなった私が、とり戻してしまった言葉でここに生きていて、感じること、思うことは、罪だと思う、思うことの罪。

この罪は、誰の当事者でもなくなった私が、それでも私でいつづけるかぎり必要の、最低限の罪だと思う、思うことの罪。

この罪は、味噌汁のようだ。そう思ってしまうことを、誰にともなく許してほしい。

◇

いずれ私の震災がやってくる。私は私の当事者でなくなるだろう。数年か、あるいは、永遠に。

誰が？

未来へのキオク

松竹梅　遠藤酒店　フードショップ八百文　振込ローン　マルフク

漁師と原発の街。昼間は静かなのかな／仕事を済ましてからも海辺まで町の中をぶらぶら散策しました／これといって何かがあるわけでもないのですがｗ／☆イカ漁の船かなー？［画像］☆街の中はホントに静か。［画像］☆リポビタン…でかすぎｗ［画像］☆間違いなく美味しそうな飯屋。ほんとに迷った。市場の食堂と…［画像］

佐藤水産㈱第二冷蔵庫　ＮＥＣカラーテレビ　太島屋電気商会

春が来た　見えるけしきは　もうちがう／コンビニの　まどにきたない　水のあと／おとうとと　一緒に歩く通学路／海を見て　黒い津波は　もう青い／あの日まで　幸せなのは　あたりまえ／見たことない　女川町を受けとめる／女川一中生の俳句はＤＶＤに収録されて、種子島から国際宇宙ステーションへと打ち上げられる。

ヤマハ漁船　タカラ　黄川田建材店　理容ヤナギ　民宿にこにこ荘

Ｇｏｏｇｌｅ「未来へのキオク」では、画面を上／下に分割して震災前／後のストリートビューを見ることができる。下半分は快晴。海を見ながら歩いてゆけば、海を遮る家並みもすすむ。Ｙ字路を分かつ三角の花壇／の形に抉れた地面に水が澱む。片側一車線の国道３９８号線は、駅に引き寄せられながら商店街をしばらく兼ねる。

八百東商店　今日の　幸せも繁栄も　みな御先祖の御かげ

浄水場へ向かう際、町の光景を生徒に見せたくなかったこともあり、シートをかぶせたまま移動させた。しかし、シートの端を持っていた男子生徒は当然目にしたことだろう。町の方に目をやると、五階建ての生涯教育センターの屋上の先端だけが見えた。役場はもう見えない。本当にここまで水が来るかもしれない。思ったより生徒た

トータルファッションマツヤ　シャディのお中元　クスリ　つりえさ　東北電力

一体何の意味があると言うのだろうか。その倒壊した建物を見て、我々は何を反省すれば良いのだろうか。自分たちだけ生き残ってしまったことを悔やめとでも言うのだろうか。ただただ、被災者たちに、長きに渡って、精神的な苦痛を与え続けるだけではないのか。このような独善的な企画は、即刻中止すべきである。（家族代筆）

すきです　おながわ　さかい孝正連絡所　本　振込ローン　マルフク

この道を歩くのは三度目になる。一度目は夏、瓦礫しかなく打ちのめされた。二度目は冬、瓦礫すらなく切なかった。そして今、高台と海に囲まれたあの空っぽが、商店街のキオクに塗り替えられてゆく、さびしい。私はよそ者だったのは、偶然ではなかった。流されてしまわなければ、変哲もないこの町を私が歩くことはなかった。

すいみんはうす　ふとんのたかしち　日本一　銀鮭　ショッピングは町内でネ

町長の急死に伴う町長選に、県議は県議を辞職し、立候補して当選した。県議の辞職に伴う県議補選に、前町長の子息は立候補して当選した。十二年後、町長は四度目の立候補を表明した。県議は、鞍替えを検討した。町長は、県議が立候補する場合、出馬を取りやめる可能性を示した。県議は県議を辞職し、無投票で町長となった。

ピラフ　さくら食堂　コニカカラー百年プリント　FamilyMart

千年後の大震災の前にいる私たちが、千年後の人々の命を守るために何をすべきかを真剣に考えながら、一日一

日を大切に生きていきたいと思います。私たちはまず、千年後の女川の一人ひとりの命を守るために、女川町内にある21の浜すべてに石碑を建てるための約1千万円を、この金額を100円募金で集めたいと考えています。

人口の安定・医療環境の充実・観光資源の活用

町内で暮らす住民が震災前の半数近くに減っていることが4日、分かった。震災当日の住民登録は1万14人で、ことし2月28日現在は7962人。町が仮設住宅の入居状況などを調べたところ、町内の居住者は5393人だった。18年度の人口について、町長は「このまま進めば6000人か、6000人を切るぐらい」との見通

子孫のために　いま、ふるさとづくり!!　・女川町　・女川町議会

横倒しのビルを三基のこして、片づけは終わる。中心部は、海抜6メートルに嵩上げされる。嵩上げは、埋葬だ。震災前／後の商店街が、分割された画面の上／下が、あたらしい土で埋め尽くされる。その上に建つ女川の町を、いつか私は訪れる。私のキオクの6メートル上を、私は歩く。誰かの記憶の6メートル上を、誰かは生きる。

・女川町観光協会　・出島架橋促進期成同盟会　居酒屋　友佳

3月末、6年生の子供たちは熱気球に乗って空から女川町を俯瞰する予定です。目に見える町の姿は、巨大津波によってすっかり変わってしまった厳しい現実の姿でしょう。しかし、子供たちの心の目にはきっと、自分たちの描いた明るく美しい街が映るのではないかと思います。学校の役割は、子供たちが豊かな心の目を持てるよう

小野寺茶舗　養老乃瀧　ブティックワカ　三楽書道そろばん教室

でも震災のおかげで気付けた事もあります。身近な人の大切さ、食のありがたさ、そして私達の町女川の良さ。これは、東日本大震災が起きてなかったら気付けなかったのでしょうか？
私は3月11日の前から気付いておきたかった、心の底からそう思います。

奈々美や旅館　堀切山ちびっこ広場　陸に海に空に若い力を

①タビビト「宮城ぶらぶら。～女川の街歩き。」、ブログ「ひとはたびびと」二〇一〇年八月二八日付。tabibito8823.blog69.fc2.com/blog-entry-261.html ②小野智美編『女川一中生の句　あの日から』、まげねっちゃプロジェクト編『まげねっちゃ』④佐藤敏郎「3・11　私の記憶」⑤女川町「女川町復興まちづくりに関するアンケート調査　調査結果【自由記述分類】」⑦河北新報オンライン、二〇一一年九月二九日付⑧朝日新聞デジタル・マイタウン宮城、二〇一三年二月二四日付⑨河北新報オンライン、二〇一三年三月五日付⑪梶谷美智子「3・11の記録集」⑫今野伶美「海が憎い」。④⑪⑫は『まげねっちゃ』に収録。

「きみたちは死亡率ばかりこんなに急激に下げて、
　文字通り何百万もの命を救っているが、何をしているんだ？
　　新しい問題を作り出しているだけじゃないのか。
出生率の方はどうするつもりなんだ、余分な人間をどうするんだ？」[*1]
敗戦後、引揚者や復員兵の家庭復帰や結婚により、日本の出生率は急上昇した。[*2]
一九四七年、合計特殊出生率、4・32。
一九四八年、優生保護法施行。
一九五七年、合計特殊出生率、2・04。
この「第一の少子化」において、避妊の占める割合は二五～三〇%、
人工妊娠中絶の占める割合は、七〇～七五%とされている。[*3]
1姫2太郎3サンシー　少く産んで豊かな暮し　確実避妊にサンシーゼリー[*4]

ＪＲ浜松町駅の北口を降り、見上げながら東京タワーへ向かうと、増上寺の正門につきあたる。右に折れ、お寺に沿って左に曲がると、低くなる生垣のむこうに、ビニールの風車が回っている。縁日でもやってるのかとよく見ると、風車と風車のあいだには、えんえんと地蔵がならんである。

目をとじて下ぶくれしておちょぼ口おそろいの顔どこまでもつづく

——すみません、あそこに並んでいるのは、水子の、

「いえそれだけではなくて、お子さんの健康と成長を祈って、
親御さんが建てることも多いんですよ。
最近では、そのお子さんが大人になって、
ご自分のお地蔵さんにお参りされることもありましてね。
まあお墓、子ども時代のお墓みたいなものです」

——ちなみに、おいくらですか？

「1体、十五万円です」

お守りのならぶ向こうのいい声が金額を言う口の素早さ

ところでわたしはなんで浜松町をほっつき歩いていたのかというと、二〇一一年の一〇月から一一月にかけて、ＰｏｒｔＢ「国民投票プロジェクト」という演劇作品にかかわっていて、会場のひとつが東京タワーだったのだ。キャラバンカーで都内各所といわき、郡山、福島、会津若松をまわる企画で、詳しくは詩手帖別冊『はじまりの対話』をご参照というこれは宣伝。わたしの担当は、キャラバンに同行しながら短歌をつくる業務だったが、なにぶん人

手が足りないもので、福島と東京を往き来しながら地元の中学生にマイクを向け、声を集める作業を手伝うことになったのだった。

——いま一番、わからないことは何ですか？

——あこがれの人は、誰ですか？

——大人になるとはどういうことだと思いますか？

「ハタチを越えるみたいなことですかね」

「それなりに自覚をもたなきゃいけないことだと思います」

「まあいろいろ日本について考える、べき、考えなきゃいけないな、と思ってます」

「車の免許をとること」

「1人でいられる人」

「成長、する？」

「性的感情が芽生えること」

「あたらしい、世界だと思います」

「えーと、んー、

好きなひとが、好きな人を本気で好きになれると、大人になるんだと思います」

一九五七年六月、増上寺の墓地の一部を取り壊し、東京タワー基礎部の工事が開始された。*5

一九七二年、わたしは産まれた。

一九七五年より、増上寺は「子育て安産に霊験あらたかとされる西向観音にちなみ、子供の無事成長、健康を願い」、「千躰子育地蔵尊」の奉安受付を開始する。[*6]

水子供養のはずの地蔵が、なぜ「子育地蔵尊」と名づけられたのか。人目を忍ぶ意味もあったのだろう。それに加えて、当時の水子供養ブームの主力を担ったのが、少く産んで豊かに暮らすため、戦後まもなく3人目、4人目の子どもを中絶した、既婚女性だったからだと推測される。

産まれられた2人の無事の成長を、産まれられなかった2人に祈る

二十(はたち)前後のノイローゼ　親に反抗する子ども
闇子の死霊に誘われて　突然自殺をするもあり
この世の地獄を目のあたり　見るも悲しきありさまは
皆これ浅慮の親たちが　子を中絶の報いぞや

「秩父霊地地蔵和讃―水子供養の歌」[*7]

高校のも小学校のもしっくり来ず中学校の校歌で歌う

高度成長期、安定して推移していた出生率は、一九七四年に2・05と人口置換水準を割り、翌一九七五年には1・91と、ついに2人を切る。現在につづく「第二の少子化」の始まりである。

じんこうちかん - すいじゅん【人口置換水準】

人口が増加も減少もしない均衡した状態となる合計特殊出生率の水準のこと。

［補説］現在の日本の人口置換水準は、2・07（平成24年、国立社会保障・人口問題研究所）。[*8]
日本の男女の出生率比は、男子が1・05に対し、女子は1・00である。また、出産が不可能な年齢となるまでに、0・02人が死亡する。そのため、2人の夫婦が2・07人の子どもを産むと、0・02人は死に、0・05人の男が余り、2人は夫婦になる（以下、くり返し）。

これからも嫁とふたりと思うとき2・07人と思った

——なぜ、子どもを産むことにしたのですか？

「仕事が軌道にのったので」
「生活に変化がほしかった」
「年をとったとき、いないと淋しいから」
「よい保育園があったから」
「妊娠・出産を経験してみたかったから」
「経済的なゆとりができて」
「2人だけの暮らしは十分楽しんだから」[*9]

そうたいしょとくかせつ【相対所得仮説】

夫婦が子ども時代に経験してきた生活水準や経済状態が、子どもをつくるかどうかの選択に大きな影響を及ぼすとする説。自分の子ども時代と同程度かそれ以上の環境を用意できない場合に、出産をためらうことが、少子化の大きな要因であると説く。イースタリン仮説。[*10]

そこそこの育ちのふたり、出来ちゃった（けれど堕ろして）結婚（はする）

わたしの父は高卒で、母は中卒だった。両親は姉とわたしを産んだ。2人を大学にやることは経済的に厳しいと判断した母は、姉に自宅から通える国立大学の受験のみを許可した。姉は受験に失敗し、二年制の専門学校を出て就職した。わたしは一浪して私立大学に入学し、さらに一年の留年を許された。

もしわたしがわたしの父だったら、子どもは姉1人にとどめ、わたしをつくらなかっただろう。わたしよりも姉が苦労することは許せなかったから、かぎられた資金を姉1人に費やし、すべりどめの私大も受けさせただろう。しかし、わたしがわたしの父でなかったためにわたしは産まれ、四年前、姉は1児の母となった。

四年前かは定かではない　父に電話するといちいち長くなるから

八〇年代以降、水子供養の主要な担い手は独身女性に移ってゆく。一時のあやまちで今回は中絶するが、いずれは子どもを持ちたいと願う若い女性にである。[*11]

中絶された胎児は「殺された」わけではなく、あの世で「保留」にされたのである[*12]

最近は、ちゃんと命日の日に会いに来れなくてごめんね。でも智章のこと、忘れたわけじゃないから！ずっとずっと●想ってるから！そして最近好きな人できました。私だけ幸せになるなんて…って考えたけど、智章のため、あなたの分も幸せになります。智美

ともあき、と名前をつけた。産もうとして、あるいは堕ろそうと決めて　ひとりで

——名前の由来をおしえて下さい。

「思いやりのある人になるように」（仁）

「その夏、いちばん暑い日に生まれたから」（夏凜）

「画数がいちばんいい中でえらんだ」（奈央）

「お父さんの名前の頭文字と、お母さんの名前の頭文字をくっつけて」（みか）

「大きく輝くように」（大輝）

「クレヨンしんちゃんのように明るく育つように」（慎之祐）

「聞いたけど、わすれた」（童夢）

「妊娠中、お母さんのおなかがまるで桃のようだったので」（桃子）

風間くん　「春日部じゅうの大人がいなくなっちゃうなんて」
マサオくん「いったいどこ行っちゃったんだろう」
ネネちゃん「20世紀博に行ったんじゃない？」
マサオくん「なにしに行ったのかなあ」
ネネちゃん「遊びにでしょう。きっとあたしたち捨てられちゃったのよ」
マサオくん「えー、やだやだー（号泣）」
しんのすけ「オトナたち、ほんとにあのなかで遊んでるのかな？」
ボーちゃん「こっそり、オトナたちの国を、つくってるとか」
しんのすけ「おー、オトナ帝国ですな」
子どもたち「オトナ帝国？」
マサオくん「子どもはどうなっちゃうの？」

映画版『クレヨンしんちゃん　嵐を呼ぶモーレツ！　オトナ帝国の逆襲』（二〇〇一）

一九九〇年、バブル崩壊。わたしは高校を卒業する。

一九九三年、就職氷河期突入。

一九九六年、就職活動もロクにしなかったわたしは、大学を卒業してフリーターになった。

高校生の私は、就職はできて当たり前。就活は、１０人中８人が座れる椅子取りゲームと思っていた。

しかし大学生活を送るうち、みるみる椅子は減らされてゆき、卒業する頃には、１０人に三つの椅子しか残されていなかった。[*13]

三つの椅子に、座りたくなかった。減らされた椅子に座れたはずの５人を押しのけてまで、座りたくはなかった。
ゲームに負けるよりも、こんなゲームを戦いつづけるほうが、よっぽど屈辱的に思えた。

そうまですれば勝てたかどうかは別にして、そうまでする自分は許せなかった

最近では、どの小学校もＷｅｂサイトを持っている。
母校を検索してみる。
わたしが通っていた頃は、どの学年も四クラスあった。
一クラスに４２、３人いたから、学年では１７０人ぐらいだったろう。
今年入学した一年生は、二クラス合わせて５２人。

通路をひろく取っても詰めてもあの教室に２６人はすーすーするわ

連作の途中ですが、ここで20世紀博からのお知らせです。

ケン　「よいこのみんな、こんばんは。
　　わたしはイエスタデイ・ワンス・モアのリーダー、ケンだ」

風間くん　「イエスタデイ・ワンス・モア？」

ケン　「君たちのママやパパは、20世紀博で子どもにもどってたのしく過ごしている。

時間は逆戻りをはじめ、もう進むことはない。

君たちの未来は、消えたのだ。」


――これから福島はどうなると思いますか？

「結構きびしいと思うんですけど、イケると思います」

「みんなが力を合わせて、一つのいい県としてまとまると思います」

「風評被害で死ぬんじゃないですかね」

「観光客がいっぱい来て、たのしんでいただけるようなところにしたいと思っています」

「人がどんどん減ってって、……わかんないです」

「福島は、えー、福島は。大変なことになると思います」


なぜわたしは福島の中学生に、「これから福島はどうなると思いますか」なんて尋ねているのだろう。

そもそもわたしは、福島のここを中学生には危ない環境と判断しているのだろうか。危ないと判断しているなら、インタビューなんてしてないで1人でも多く早く避難させるべきではないか。

それともわたしは、福島のここをまあ安全と判断するのか。まあ安全と判断するなら、のこのこ東京からやって来てまで、「福島はどうなると思いますか」なんて尋ねてるべきではないではないか。

大人相手ならまあよい。しかし中学生はまだ、独断で行動できる経済力を持たないのだから、危ないなら大人が金を出して避難させるべきだし、危なくないならマイクをつきつけて、ただでさえ不安な彼らの不安を煽るべきではないのではないか。

そもそもいま福島にいる中学生は、避難したくないか、避難したくてもできないかなのだから、いずれにしてもここを安全と思う（しかない）のではないか？

「放射線が、まあ、なくなると思います」「みんな幸せになると思います」

バイトや派遣を転々としながら、
二八歳で短歌に出会った。
短歌で食えるわけでもなく、
短歌で出会った嫁に家賃を払ってもらいつつ
なんとか食いつないでいる。
結婚していると時々、「子どもは？」と聞かれる。
「まだです」、「いやあ、お金が」で
話題は終わらせられるのだけれど、
ときどき妙に食い下がってくるのは
決まってひとつ上の世代だ。

子どもなんて産んでしまえばなんとかするものでしょうとか言っちゃえる世代

「月収十四万なんですよ」と言ったら、黙られた。
黙るなよ。黙るなら、粘るなよ。
でもたしかに、本気で子どもがほしければ
どうにかなんとかするのかもしれない。

短歌をやめて、朝から晩までがむしゃらに働き、
わたしの時間を売ったお金を１人娘につぎ込んで、
大学の学費は出せないだろう。
そうして育てたわたしの娘が
わたしより出来が悪かったら、
わたしは娘を憎んでしまうかもしれない。

私が死んでしまえばわたくしの心の父（になることがなかった私は人としての責任を果たすことなく死んでしまうのだろうかとおもう気持ち）はどうなるのだろう

三五歳を超すと、収入差による男性未婚率の差が顕著になる。[*14]
どんな調査を行っても未婚率の差は年収でほぼ説明できる

もしわたしが１００人のわたしだったら、
わたしのなかでもがんばり屋の１３人のわたしは結婚し、
がんばって子どもを育てるだろう。
５１人の平凡なわたしは
結婚はして、子どもは持たないだろう。
一生をつよくひとりで生きてゆくのこり３６人のわたし

100人のわたしのうち、このわたしが、がんばって
がんばり屋の13人にすべりこむかどうかに
このわたしは興味が持てない。
わたしたちの政治的な怠慢が
わたしたちの個人的な気合で乗り越えられるのを
わたしたちは望まない。
そしてこのままこの日本が、
淡々と滅べばいいという思いがないと言ったら嘘になるのだ

金曜の夜ではあるけれど。
せっかくだから、東京タワーに1人で登る。
大展望台はまあ、カップルだらけ。
ルックダウンウィンドウから「平気?」「うん、わりと平気」と見下ろす真下

ケン「夕焼けは人を振り返らせる
　だからここはいつも夕方だ」
夕焼けは人を振り返らせる。だからいつも東京タワーはゆうやけの色

特別展望台ゆきエレベーター前で、
係のひとに聞いてみる。
——震災の前後で、ここから見える夜景は変わりましたか？
「ビルの灯りは、そう変わりませんでしたね。
レインボーブリッジがすこし暗くて、
ディズニーランドの花火が上がらなくなった。影響といえばそれぐらいです」

チャコ「ここに来るとほっとするわ」
ケン「ここには外の世界みたいに、余計なものがないからな。
むかし外がこの町とおなじ姿だったころ、人々は、夢や希望にあふれていた。
21世紀はあんなにかがやいていたのに。
いまの日本にあふれているのは、汚い金と燃えないゴミぐらいだ。
これが本当に、あの21世紀なのか」

そして日本にあふれだすのは国債と黒いフレコンバッグぐらいだ

ここから夜景をながめていると
なにも起こらなかったみたいだ
コンビニはからっぽだった
紙おむつの原料が投入された

ヘリコプターから垂れ下がるバケツの水は
空中でちりぢりになった
JRは山手線だけを動かして千葉を見捨て、
専門家はただちに影響はないと繰り返した
わたしたちはすでにあの、かきむしるような不安が
なつかしくなっているのではないか？

街の灯りがとてもきれいな東京にカラオケ館の水色は浮かぶ

そして、ついにそのときが訪れようとしています
わたしたちのまちがつくりだしたなつかしい匂いは、
まもなくタワーの展望台にある匂い拡散装置により
ひろく全国へと散布されます
わたしたちの匂いのレベルは、いまや最高潮
あとはこのスイッチを押しさえすれば
タワー上部の噴射口からモーレツになつかしい匂いが噴出し
外の世界の人々をなつかしさの虜にするのです

風車まわれよまわれ　わたしたちに未来があったあのころの風で

あれは、何がきっかけだったのだろう。

中学の英語の授業中、初老の教師が
どうして君たちはそんなに従順なんだ、
どうしてもっと大人たちにprotestしないんだい？　と
とうとつに興奮しだした。
protestの発音がよくって、ムカついた。
お前に言っても無駄だからだとお前に言っても無駄だろうから言わなかったよ

福島の中学生に、わたしはあの
英語教師みたいに映っただろう
だから慎之祐よ、
このまぬけ面をよく見ておいてほしい。
のこのこ東京からやって来て、
意見は聞くが金は出さない
無力な大人のふやけた顔を、
どうかまじまじと覚えてほしい。
「これから福島はどうなると思いますか」。
わたしたちの世代は、その答えを持てないだろう。
わたしたちの世代は、原発をやめることも
やめないこともできないだろう。

わたしたちの誰も責任を取らされず、
わたしたちのもんだいはなかったことにされるばかりだ。
だからあなたたちよ、よく考えてほしい。
わたしたちを反面教師に
あなたたちが、考えて、考えぬいて、
みずからの力で書いたその設計図を、わたしたちは
わたしたちのささやかな老後を守るために
数の力で握りつぶすだろう。それでも、
「おまえたちが本気で21世紀を生きたいなら、行動しろ。」
ひろし・みさえ「え?」
ケン「未来を手に入れて見せろ。早く行け。
ぐずぐずしてると、また匂いが効いてくるぞ」

そしてしんのすけは、
匂い拡散装置のスイッチを止めに
追っ手を逃れながら、傷だらけになりながら
タワーの階段を感動的に駆け上がるわけだが、中略。

ケン　「戻る気はないか？」
ひろし「ない！　俺は家族といっしょに未来を生きる！」
しんのすけ・シロ「うん」
みさえ「うん」
ひまわり「あい」
ケン「残念だよ、野原ひろしくん。つまらん人生だったな」
ひろし「俺の人生はつまらなくなんかない！
　家族がいる幸せを、あんたたちにも分けてあげたいくらいだぜ」
そうこれはクレヨンしんちゃんなのだからもちろん家族の幸せで終わる
みさえ「ねえ、あのふたりどうするのかしら」
ひろし「さあな。でもまあ、どっかで生きてくだろ」
ＤＶＤをＴＳＵＴＡＹＡに返し、さあな。でも嫁とどっかで生きてくわたし

池袋からレッドアローとバスを乗り継ぎ、
水子供養のパイオニア・紫雲山地蔵寺までやって来てみた。
１４，０００体におよぶ地蔵にとりかこまれて、
むしろふしぎな安らぎがある。
空き部屋がふえてゆくニュータウンのように、

生まれなかった子どもたちのおんなじ顔が
見まわす限りの山肌にならび、
いっせいにこちらを向いている。
わたしはわたしの地蔵がほしい、と思う。
わたしたちがつくろうともしなかった娘の冥福を祈り、
わたしたちはわたしたちを養うのに精一杯で申し訳ないと
地蔵の前に頭を垂れて、
あなたの分も幸せになるのだ。

わたしは何も失っていないわたしたちの次の世代が失われただけだ

しんのすけ「ズルいぞ！」

半分にまた半分に半分に、日本が折り畳まれてゆく

誰かのために書いてるわけではないけれど、
海の向こうに誰もいないとわかってしまったら、
無人島のわたしは、それでも何かを書くのだろうか。

誰宛ての手紙を瓶に封をする　海の向こうで人が減ってく

「持つしかないです」

——未来に希望が持てますか？

＊1　一九四八年九月、日本各地を視察した人口学者マーシャル・バルフォアの、ＧＨＱ公衆衛生福祉局・サムス准将に対する忠告。荻野美穂『「家族計画」への道』二〇〇八

＊2　『「家族計画」への道』

＊3　厚生省人口問題研究所、青木尚雄・本多龍雄推計。中川清「都市日常生活のなかの戦後」、成田龍一編『近代日本の軌跡9　都市と民衆』一九九三

＊4　山之内製薬「サンシーゼリー」広告。『主婦の友』一九五五年二月号別冊付録、「都市日常生活のなかの戦後」より再引用。

＊5　Wikipedia—東京タワー　ja.wikipedia.org/wiki/ 東京タワー

および、大本山増上寺『大本山増上寺史　本文編』一九九九

＊6　増上寺「境内のご案内」。zojoji.or.jp/keidai/

＊7　橋本徹馬『水子地蔵寺霊験集』一九七八

＊8　『デジタル大辞泉』

＊9　出産経験のある女性を対象とした、第一子を産むと決めた理由のインタビューの回答。柏木惠子『子どもという価値』二〇〇二

＊10　加藤久和『最新人口減少社会の基本と仕組みがよ～くわかる本』二〇〇七

＊11　森栗茂一『不思議谷の子供たち』一九九五

＊12　ウィリアム・R・ラフルーア『水子』二〇〇六

＊13　※個人の感想です

＊14　山田昌弘『少子社会日本』二〇〇七

私はそれから十年間、家で病みました。

十年たって比治山の上から見た街は、見知らぬ白い美しい街

でありました。今となっては不可能なことですけれども、あの足を踏み出せばがさがさと砕ける瓦礫の街を、鎖を張りめぐらして残したかった、と思っています。そしてあのチロチロと燃えつづけ、私たちはここで死んでいる、と訴えつづけた燐を凍結してそのまま残したかった。今もそう思っています。

鉄、焦げた鉄、砕けた鉄、土のようにもろい鉄、瓶のふたの塊、

外国人たちが広島を訪れると、そのうちのいく人かは、市がきれいに復興しているのを見てがっかりするんですね。……そして、原子爆弾という人間の手になる途方もないしろもののシンボルとして、ドームをそこに残しておいてほしがる。……ですけど、広島市民の半数……実際の被爆者も……は、あのことを思い出したくないんですよね。……だから本気であれをとり壊してもらいたがってますよ。

くす玉から平和のハトが弧をえがくドームの骨の上の青空

Ⅰ　広島復興大博覧会

思えば、あの荒涼たる焦土から、悲涙を呑んで決然立ち上り、復興せざれば已まざるの斗魂と、地下安らかに永眠される原爆犠牲者の御加護とにより、今日の近代的平和産業都市として一大飛躍発展する、この姿を、目のあたりに見て、私は、よくもこんなにまで、復興したものよと、全市民の、たくましい、復興意慾に、今更ながら、目がしらの熱くなるのを、おぼえるものであります。

今か今かと開場を待つ四千人　会長にこやかに鋏入れ

昭和三十三年四月一日から五十日間にわたり、広島復興大博覧会が催された。平和記念公園、平和大通り、広島城址の三会場に二十九の施設が設けられ、来館者総数は約九十一万七千人を数えた。

会場見てある記

人工衛星館

会場は、南側が出入口で、三方を壁で囲まれた、正方形に近い四角である。会場に入ると先づ目を奪うのは、中央附近の台上に飾られた、第二号人工衛星の実物模型。これに乗って行ったと伝えられるライカ犬の装着写真を前に並べて展示されている。誰も、彼も感に堪えたような顔で見ている。宇宙時代に憑かれた顔に「足もとにご注意」と言いたいが、床はコンクリートなので、その心配はない。

五時八分人工衛星頭上にありてわが乗る市電相生橋を渡る

復興館

この博覧会を通じての圧観ともいえる間口八間、奥行三間の大パノラマがある。正面には、マジックミラー装置によるジオラマが設備され、それに爆心地を中心とした広島市の被爆直前の姿が描き出される。やがて無気味な空襲警報のサイレンが鳴り終ると、一大轟音をともなう閃光とともに、場面は暗転して、被爆直後の陰惨な姿に変る。荘重な伴奏音楽の流れにつれて、「これが、世紀の原爆第一号によってうけた、広島市の惨状であります」と、テープレコーダーによる優しい女声の解説。「七十年間は草木も生えないといわれた広島も、この様な悲劇を、再びこの世に繰り返してはならないという堅い決意のもとに、復興への力強い歩みを続け、僅か十三年後の今日、戦前にもまさる見事な復興ぶりを見せました」。

七十年は草木も生えぬ暗闇にやがてひかりはながれはじめる

体育保健館

展示は大別して「健康を守りましょう」「楽しい食生活」「明るい町つくり」の三部から成る。「明るい町つくり」では、蚊や、はえや、ねずみ等の衛生害虫を駆除、撲滅するため、地域社会の組織力を結集し、公衆衛生の実を上げることを、強く呼びかけている。「はえ」の五官を電気の点滅で示し、媒介する伝染病を解説した「はえ」の大模型（人間大）に、人気が集っていたようだ。

脚垂れ下がる蠅の背後の書き割りはＯＫ牧場のような青空

生活文化館

会場に入ると、「みんなで科学的、衛生的、能率的な、しかもうるおいのあるくらしを打立てよう」、「お母さま、いつまでも美しく」と大書されたパネルが目に入る。人間の長い歴史の間に、女性は痛めつけられて来た。合理化、機械化、原子力だと、日進月歩の文化を謳歌しながら、それは家庭の入口までのことであって、一歩敷居をまたげば、洗濯と炊事と育児と、一人三役の重労働に、呻吟している主婦の原始的な生活が存在している。美しい母、美しい主婦を求めるなら、先ずこの過労から解放することを考えねばならない。

ラジオの横にテレビもあっていいソファー　中流家庭の理想的なルーム

それではここで、協賛各社からのお知らせ

よくきく虫下し　月に1度はマクニンS
ノイローゼに…　アトラキシン
考えずにすむ株式投資　ヒノマル投資信託
都市の復興正しい交通　無事故で示そう平和都市　広島県警
お部屋を夢の輪で包む…　トヨクニ蛍光灯器具
広島で最初のラッパ飲みＯＫ　チヽヤス牛乳

お米よりカロリーが多く摂られます　高級食パンはロケットパン

春です時計がめだちます　シチズン目覚しつき腕時計
ムチャです！　大切な髪を石鹼や洗剤で洗うのは……　花王フェザーシャンプー
ぞんざいに使つてもこわれない把手　冷蔵庫は日立
裸の王様・横綱力士　テレビの王様・ゼネラルテレビ
排水・すすぎがホース一本！　洗たく機はシャープ「スーパーマダム」

洗濯機より愛情が欲しいと云ひ放てば氣弱き夫は默し立ち行く

原子力科学館

会期中、広島平和記念資料館（現在の本館部分）は、
「原子力科学館」へと名称を変えた。

会場横につながれている原爆馬の痛々しいケロイドに食い入る

原子力科学館の入口は二階にある。
コンクリートの階段をのぼりつめると突き当たりには、
巨大な原子の模型がわたしたちを出迎えてくれる。

電子の軌道を描くネオンの中心にまぶしく回るミラーボールよ

II　原子爆弾

人類の幸福のために生れた原子力。
その初めての実用化が不幸にして原子爆弾となり、
この地、広島に投下された。

高さ四・五メートルまできらきらと電気仕掛けの原子雲（模型）

わたしは爆弾投下室に入って、テストモードから作動モードへとスイッチを切り替えた。
あの爆弾に最後にさわったのは、私だろうね。

そのならびに黒光りして見上げれば原子爆弾（リトルボーイ）は実物大に

これを見た人はね、近くにいた人はみな死んでるから、
ぼくみたいに遠くからその瞬間から見た人ってのは、少ないんですよね。
あのことみんな、キノコ雲っていうでしょ、マッシュルーム・クラウド。
クラウドじゃなくて火柱なんですよ。ほんとうに大きな火のね、炎の火、火柱なんです。

爆発するまでの時間は43秒と前もってわかっていたから、数を数えはじめたんだ。
エノラ・ゲイの全員が1秒、2秒と数えたんだが、
43秒後には　なにも　起きなかった　だが心配をしたのは1、2秒だ

爆弾はついに、爆発した。

家のなかを飛んでる、飛んでるちゅうことがわかってんの、目の下に畳があるんです

しばらくして立ち上がった。

部屋は南へ四五度傾き、屋根に大きな穴が開いていた。

そこから青空に立ち昇る太い雲柱を見た。

いま思えば屋根の穴から見えたのはキノコ雲のキノコの柄の部分

爆風による被害

1　高温の火の玉が発生して周辺の空気がすごい勢いで膨張する。

2　空気の壁ができ、猛スピードで広がる。

3　このあとに空気が流れこんで強烈な爆風となる。

4　爆風が広がるにつれて爆心地のあたりは急に気圧がうすくなり圧力が下がる。

5　外に向かって吹き出した空気が逆に爆心地に向かってすごい勢いで吹きこむ。（負圧）

爆風と吹きもどしの風で、被害が広がった。

ドーンてやられたんですよ。みなさんはピカと言いますけど、わたしたちは全然知りません

わたしは観測任務で忙しかったしねえ。

そのときは、祈りを捧げる必要は感じなかった。

祈るべきだったんだろうけどねえ。

片膝を固く抱きしめ「佐々木、頑張れ！　勇気を出せ」と自分で怒鳴る

性別も判らない程に痛めつけられながら、

「畜生！　アメリカのやつ……やっつけてくれんさいよー」

と老婆らしき声。

訓練を受け、役割を果たしたんだ。同情も後悔も、まったくない。

われわれは日本が降伏するとは思わなかった。多くの兵士が、それを信じようとしなかった。ぼう然とした静寂の中に座りこんで、われわれは死者たちを思い出した。あまりに多くが死に、あまりに多くが不具になった。これほど多くの明るい未来が、過去の灰に葬られた。これほど多くの夢が、われわれを飲み込んだ狂気の中に失われた。

コールタールをマネキンに塗って焼いたようなヌルヌルしたそれが、母でした。

物的被害

まちは一面、煙が舞って灰色の風景、被災者のうめき、救助者の動きでうるさかったにちがいないのに、シーンとしていた。いまも最も強く思い出すのは「暗さと、このシーンとした無音の世界」である。

倒壊をまぬがれた煙突、変形した相生橋の橋桁の一部、

日本国民に告ぐ、たゞちに都市より退避せよ
原爆一発はB29二千機に匹敵する

黒い雨に濡れながら降る宣伝ビラをいつの間にどこで握りしめてた

原爆投下直後の体験は、誰もが正確に記憶している。しかし被爆者の多くはその後の数日間において、記憶のない空白の時間をもっている。三十分で着くはずの距離を五時間かけて帰宅し、その間には断片的な記憶しかなく、どこで何をしていたのか、どの道をどう歩いて帰ったのか、まったく覚えていないことも多い。

ガラス片が突き刺さったままの壁、爆風のあとをとどめる鉄扉、

ロバート・オッペンハイマーは、ワシントンから受け取ったテレックス、すなわち広島の被害報告を同僚とともに見た。気分がさらに憂うつになり、二人はパーティから去った。家に帰る途中、彼は若い科学者の一人が茂みの中に吐くのを盗み見て（この出来事はたびたび回想される）、こう思った。「反応が始まった」と。

熔解した瓦礫と熔けあっている骨、感光したレントゲンフイルム、

通りをさまよっていると、突然、足首をつかまれました。
瓦礫の下から手が、出ていました。
でも、わたしが泣いているのに気づくと、その人は手をはなしてくれました。
これには本当にほっとしました。
これで逃げられる、そう思いました。

勤務先の机の中から見つけられた眼鏡ケース、回数乗車券、

「時の行進」と題する、核時代の始まりを再現する映画の制作にあたり、科学者の多くは、再現シーンを自分自身が演じることに同意した。カメラのために、ジラードは今一度、アインシュタインが重要な手紙をルーズベルトに書く手助けをし、オッペンハイマーはロスアラモスで講演した。ジェームズ・コナントとバンバー・ブッシュはトリニティサイトでの実験成功の後、砂漠で——実際にはボストン近郊のハーバード・スクエアにある倉庫の床に土をかぶせて——陰気そうに握手した。

広島爆撃調査報告書の草案、測定のため採取された砂、

興味を持って観察すれば——
理解できると思うの
そうでしょ?

溶けた弁当箱、弁当のおかず入れ、石鹸、縫い針の溶融塊、

一九五三年に撮影された映画「ひろしま」には、一千余人の市民がエキストラとして出演した。ゆうれいのように、両手を前にだらりと下げて——これは被災者の手の皮がつるりとむけてぶら下がり手を下げていると、土の上をひきずって痛いから持ちあげていたのである。市民は、これをちゃんとおぼえていた——よろめきつつ、集団で山にはい上がってゆく様は、いかなる名優もおよばぬ演技というよりも真に迫まるものがあった。

原爆の雨に染まりし日記出でてめくれば綴じの朽ちて切れゆく

被爆衣料陳列

シャツだった布着せられてマネキンはガラスケースに背筋をのばす

夏服だった布着せられてマネキンはガラスケースに背筋をのばす

もんぺだった布着せられてマネキンはガラスケースに背筋をのばす

シュミーズだった布着せられてマネキンはガラスケースに背筋をのばす

何だった布着せられてマネキンはガラスケースに背筋をのばす

浴衣だった布着せられてマネキンはガラスケースに背筋をのばす

人的被害

皆一様に精魂をぬかれて黙々と郊外へ歩いた。聴けばきまったように後を振り向いて彼方（アッチ）からきたという。前の方を指さして彼方（アッチ）へ行くという。先頭の者がその道にはいれば後につづく者は皆その後を追って行く。まるで夢遊病者の群れのように歩きつづける。

黒い雨あとが残る壁、放射線の影響が大きい人体部分、

最も恐ろしかったのは、黒く焼けただれた人たちの目でした。
誰か助けに来てくれないかと待っている目でした。

目は私をじっと見ていた。彼らよりもわたしが強いことを知っている目が

ひとりの日本人がイスラエルへ行ったとき、現地の人から、自分たちは全身全霊をこめてアイヒマンを憎んでいるのに、日本人はなぜ原爆を落した人間どもを憎まないのか、と尋ねられたそうです。「戦後わたしたちは、敵を捕えて復讐したいという願いをもちつづけてきた。広島市民も同じ感情をもってしかるべきだ」というのですね。……しかし、私の考えでは、彼は、上官の命令に従ってあんなことをやったのですから、それは仕方がなかったのだと思うんです。
あなたはどうお考えですか?

消息が書かれた瓦、講堂にぎっしりと横たえられた負傷者、

私の知人で、やはり広島の例なのでございますけれど、差していたパラソルが一瞬にして焼え上つたというお話をして居りました。パラソルでございますから、それ相当に派手な色彩の装飾模様がついてゐたのは申すまでもございませんけれど、しかしその色彩というのが、グリーンだつたさうでございます。この場合の経験から推しますと、要するに、多少でも黒みを帯びたものは、結局のところ駄目なのではないかと思うのでございます。
それで、原爆を予想した洋傘ということになりますと、ナイロン製のものか、乃至は、白一色の木綿ものということになりさうでございますけれど、以上申し上げたすべてのことが想像の範疇を一歩も出ていないのでございます。

その人が腰かけていた部分が影のように黒くなり残る石、

太き骨は　先生ならむ　そのそばに　小さきあたまの骨　あつまれり

先生ならむ　太めの骨の　そのそばに　小さきあたまの骨　あつめたり

広島市民がいかにひどい目に会ったにしても、私が最初の原爆投下を命令しなければならなかった事情をなぜまだ了承しないのかわからない。これは連合国としてただ戦争を終らせなければならなかった、という問題だったのである。私は広島市民に対し原爆が使用されたのは、日本の指導者の罪だということを伝えようと努めてきた。

ハラマキの部分だけ守られた男性、山下博子さんの抜けた髪、

マンハッタン計画に加わった科学者のうち、ユージン・ラビノビッチだけが真剣に、日本への原爆投下計画をマスコミに漏らすことを考え、数日間、眠れない夜を過ごした。

「もし私が一般の人々に警告したら、少なくとも人々は彼らの名前で実行されようとしている「犯罪」を事前に知ることができただろう。もし事前に知ることができていたら、アメリカ国民は核攻撃を阻止しただろう、とは全く思わない。可能性が高かったのは、大多数の国民は熱狂的にそれに賛成しただろうということだ。それでも、アメリカ国民は、全く先例のない規模で行われる大量殺人に対する責任を引き受ける機会を与えられるべきだった」。

赤ちゃんを抱き、走る姿のまま焼死した母、変形したラムネびん、

大分県別府市で行われる植樹祭御出席のため五日東京を出発された天皇、皇后両陛下は、定刻午後二時五十五分広島駅に御到着、五分停車ののち同三時、下関に向け出発された。駅頭には小雨降る中を渡辺広島市長など地元関係

者約一千人が出迎え、列車到着と同時に広島県警音楽隊が〝君が代〟を吹奏、出迎え一同が頭を下げると、濃いグレーの背広と薄いブルーのスーツを召された両陛下は車窓真近かに直立され大野広島高裁長官、小坂広島高検検事長両認証官のあいさつをおうけになった。ついで大原広島県知事の発声で〝天皇陛下の万歳〟を三唱、にっこりと微笑されたのち同三時離広された。

救援のにぎりめしを運んだ木箱、学徒ののこした生爪と生皮、

美しかつたと云つちや悪いですがのう。それこそ赤いのや緑色のや、黄いろのや、黒い小さいやつが、からだ中に星のやうに出て來て、私は見とれましたよ。

堤防に設けられた臨時救護所、救護活動と二次被爆、

九月十日午後、ソ連の核実験再開のニュースが流された日、市川さんはちょうど病院から退院、座敷にあがったとたん、そのニュースを聞いた。顔色が真っ青になり、机の上にうつぶせになり「ああワシがアメリカに原爆をつくらせたからこんなことになった。申しわけない」とブルブルふるえて大声で泣き出したという。そのことがあってから家族も心配してラジオや雑誌などから遠ざけるようにしたが、市川さんは完全に原爆を恐れる男になり果てていた。食事中いきなり家族に「あそこに死体がゴロゴロころがっているのがわからんのか」といったり、部落で葬式でもあるとかならず出かけ「わたしが原爆をつくったためお宅の人を殺した」と手を合わせていた。

体の中から出てきたガラス、爆風の圧力で目玉が飛び出した人、

死体を私のところに持って来た人のなかには、死体を置いて帰るのがうれしそうな人もありました。死体は悪臭で

いっぱいだったから、別れもつらくなく、むしろ早く処置したかったのです。薬もありませんでしたし、病人の看病もむずかしい時でしたから、苦しんでいる人が死んだのは喜ぶべきことだったのです。

急性障害、悪性腫瘍、白内障、急性白血病となった骨髄、

私は生きてゆく上で人の体験する感情なら、なんでも味わっています。子供の世話もすればいろんな用たしもやります。社会的な活動だってやってます。ところが、どういうのか、それがまるで芝居のなかで動きまわってるみたいな感じなんですよ。なにをやっても、ほんとうに心がついてゆくということがないんです。私には暖かい気持ちなんて全然もてませんね。もし何か感情をもつとしたら、まあみんなに向って腹を立てていたいような気がします。

ニュース映画に撮(と)るとふライトに原爆で焼きし腕をば向けて座りぬ

次に私が死ぬのでしたら、先に死んだ人たちのいたましい体験ぜんぶが解るようになるでしょう。……あの人たちと同じように死ぬのでしたら……惨めですわ。……あの人たち、ひどく苦しんで死んだのでしょうね、……恐ろしい病気で……。

出血斑のある舌（複製）、左足太ももにできたケロイドの切片、

原子砂漠のパノラマ

被爆直後の広島を示す大パノラマ、そのへりに手や肘をつき、誰もが身を乗り出すように見ている。

すっからかんの爆心地にぽつんと立つ護国神社の鳥居の上に、
炸裂時の火球の大きさを示す、赤い玉が吊りさげられている。

熱くない赤いボールに手をのばし頭をがつんとやられる男の子

被爆者たちの証言はいつも、距離ではじまる。
「わたしは、爆心地から700メートルで被爆しました。」と
彼らが語りはじめるとき、そのつど脳裏をよぎるのは、上空から見る広島の
太田川の七つの支流をおおう、あの同心円である。

直径が五メートルある黒焦げのヒロシマに手を触れないでください

痛快なニュースが府中方面からはいってきた。あれと同じ爆弾が日本にもあったのだ。あまりひどいので今まで使わずに隠してあったのだ。敵が使ったからこちらも使う。帝国海軍特別攻撃隊は特殊爆弾をもってアメリカ本土を攻撃せり、未だ帰還せざるもの二機、と大本営の発表があったという。アメリカの西海岸は大変なことだ。やっとるぜえ、シスコやサンチェゴ、ローサンゼルス、カリホルニヤ、西海岸は処置なしだ。海軍の強襲、爆弾抱えて飛び込むのだから成功は間違いなしだ。広島以上にやられているに違いない。この話をきいて病人一同愁眉を開いた。私も溜飲が下った感じだ。病室の空気が俄かに明かるくなった。皆大喜びだ。怪我のひどい者ほど敵愾心が強い。向うがヒットを打てばこちらもヒットで返す。そんな調子で冗談が飛び、中には凱歌をあげる者さえあった。

パノラマの原子砂漠の廣島をカリホルニヤのように見下ろす

オリーブの緑に似た皮膚の色の、やせた身体に広い額の目立つ、あの一人の患者のことが忘れられない。かれは、自分自身の不幸な運命については一言もふれなかった。〝わたし〟ということばですら、かれはほとんど使わず、ほとんどもっぱら〝わたしたち〟ということばをもちいた——このことばをいうときには、かれは右手を弧をえがくように動かした（少なくとも、動かすような素振りをしてみせた）。その動作は、単にかれのいる病院、あるいは広島と長崎の全部の病院だけでなく、その他の全部の病院にいる原爆症患者はもちろんのこと、日本中のどこかにいる被爆者たち、とくに、死んでしまった人たちのことも意味していたにちがいない。

その動作は、エノラ・ゲイ号の乗員をも意味していたにちがいないこと

かくの如き原爆投下につらなる原爆慰霊碑は、公式名においては平和都市記念碑として昭和二十七年平和公園に建てられ、今日「安らかに眠って下さい、過ちは繰返しませぬから」の碑文をもって国際法上許せざるその残虐無類なる行為を抹殺し去らんとしている。

戦場にあらざる銃後の地にあって、居住家屋で起居し、あるいはその職場において自己の職責に従事していた市民に何の過ちがあったというのであろうか。一瞬の原爆により生命を奪われた二十数万の霊を冒瀆すること甚だしき碑文と申すべきである。

わたしたちに原爆を投下した過ちをもわたしたちに背負えと公式に言うか

そうはいえ、しかし、

わたしたちに原爆を投下した罪をもわたしたちが背負えるのでなければ生きてゆかれない

放射線による人体への影響（ＡＢＣＣ提供資料）

「ひろしま」には、二つの顔がある。
その二つの顔は、漢字の「広島」と、片仮名の「ヒロシマ」で、端的に表現できる。
三十六万の市民も「広島市民」と「ヒロシマ市民」の二つに分れている。
前者は戦後広島に移り住んだ戦後派、後者は原爆を身をもって体験した戦前派で、
その比は大体、三対一である。

永年の調査結果を手際よく統計に示した棒グラフ、

アメリカはどうして実験するんですかねえ。

アメリカはずっと分別のある国なんですがねえ…親切な国ですよ。

それなのにどうして実験をしなきゃならないんですかねえ？

アメリカが止めてくれたら、ソ連も止めてくれると思いますね。


放射能の雨まだ止まず鶏の小屋を閉づると出でし夜ふけを

私ら銭湯にゆきますとね、顔でなくとも体にある人、見かけるんですよ、あっちこっちでね。

だから、忘れようと思っても、どうしても忘れることができないんですよ。よくここでそういう人、見るでしょ。

ま、その人たちが消えてしまや、それは忘れることができるかも知れませんがね。


水産資源と海水の汚染状況、焦土に咲いた奇形のカンナ、

佐々木禎子さんが原爆症でなくなってから三年半、ようやく二十日、金色の折鶴をささえた原爆の子のブロンズ少女像が、台座のうえにのった。

鉄増委員長の話　台座のうえに像がのってみると、二年間つとめた委員長の期間がほんとに短かかったように感じられます。

菊池一雄氏の話　台座がむずかしい仕事で心配でしたが、像をのせてみてホッとしました。

モダンな建物に、物や写真をならべたってね、やっぱり難しいんですよ。
いっそのこと、その日の録音テープでもあれば、それを流すだけでもね。
だれかの苦しみとかうなり声とか、そういったものでもいいんじゃないかと思いますけどね。

血液検査の結果を書き写した半紙、折りかけのセロファンの折り鶴、

遺伝に関する問題は、永い日時をかけてようやく結論が得られるであろう。

こういうインタヴューはちょっと時期的に遅すぎるんですよ。ちょっとピントがはずれているような気がします。
それに、今は毎日生きてゆくことを考えるほうが大切じゃないですか、……別に深い意味でいうわけじゃありませんが、まあ現在の生活のことですね。いろいろな電気器具もあるし、このごろはなんでもあるでしょう。そういうものを買って楽に生活したいという気持が大きいですね。

共稼ぎの妻帰り來る時刻なり魚も焼け電氣釜の飯も炊けたり

Ⅲ　原子力の平和利用

原子力のてびき

　原子一個の大きさをリンゴの大きさだとしたら、
　無数の原子から出来ているリンゴは
　地球ぐらいの大きさになるだろう。

驚異の驚異然あらば無數の太陽系わが細胞の中にもあらむ

　原子の世界にもしあなたが入ることが出来たら
　夜空をながめるのと非常に似た感じがするに違いない。
　全く宇宙的な空間があるのだ。

冬の夜の南の空にうかぶあの青い炎にふれてみたくて

　この核分裂がもたらすエネルギーは膨大なもの。
　ウラン一グラムの分裂で、六十ワットの電球を五十年間つけていられるのです。

いまはなお石炭の火力でともる裸電球あお向けに立つ

　電力を毎月とる月給とすれば、
　石炭や石油は親がのこした貯金のようなもの。原子力は、

庭先を掘ったら出た古物が骨董屋に意外に高く売れたみたいなものです

ゼウスの神をあざむき火を人間に与えたのはプロメテウスと伝えられていますが、第二の火を人類に与えた近世のプロメテウスこそ、フェルミでありましょう。

キュリー夫人、エンリコ・フェルミ、日本の湯川博士もほほえんでいます

核分裂連鎖反応解説装置

高さ26・33フィート、長さ38・5フィート。電球一五二七個を使った解説装置。係の人がボタンをおすと、豆電球がつぎつぎにともって、1個のウランの核がまっぷたつに割れるのをきっかけに、核分裂がつぎつぎに持続し、拡大してゆくことがよくわかるようになっています。

ウラニウム核爆発し去る連鎖の機微壮麗にして且つ劇的

原爆そのものは、極端なまでに悪で、非人間的なものですよ。でもね、核分裂自体をとり上げてみると、それはなにか大変りっぱなものでしょう、だってある意味では人間が第二の太陽を造ったわけですからね。だから、自分の骨から放射線を吹き出すとき、ぼくはこの建設的なエネルギーを利用するんです。……放射線は、ぼくが歩きながら放つ生命力みたいなものでしてね――本質的には善でも悪でもない――ひとつの生命力なんです。

おれんじ色の連鎖反応は百万ドルの夜景を壁に立てかけたよう

マジック・ハンド

放射能を消すのはまだまだ空想物語。そこでマジック・ハンドがウラン君やコバルト嬢のごきげんを損じないようにもてなす。これは厚さが一メートルもある特殊ガラスの壁をへだてて、マスター・ハンド（主人の手）のあやつるままに、スレイブ・ハンド（ドレイの手）が放射性物質を扱う仕組みになっているもの。会場では黄色いユニホームに体を包みこんだ可愛い四人のアルバイト嬢が交代で、器用にマッチを擦ったり、お習字を披露したりで、大いに快哉を浴びている。

大きなる手があらはれて「原子力平和利用」と書きにけるかも

原子力発電の最も特記すべき点は、その生産がすべて頭脳的勤労に依存する点であろう。現在我々は電気を利用して文化的生活を営む半面において、地下深く暗黒と地熱と戦いつゝ、奴隷的労働を強いられる炭鉱夫を必要とする。文化の進むに従つて炭鉱労働者の求めにくゝなる傾向は、当然考慮せねばならぬ問題であるが、これは将来原子力発電により解決されることと思われる。

原爆や水爆の世にリヤカーやゴム車通らぬ農道を恥づ

皮膚についたり、口から吸うと危険なベーター線を出す放射性物質から人体を守るための、厚地のプラスチック製の「原子服」。アメリカのプルトニウム製造工場で汚染された場所の掃除などに使われている。

中の人すけて見えてるゴン太くんたのしそうあれ入ってみたい

オークリッジ黒鉛原子炉模型

原子力利用のうえで広島人はとくに放射能に敏感になっている。原子炉で燃えカスをどう処理するのか、原子炉はあってもそれがどこにも示されていない。こうすればよいというところがみせてないのが残念だ。利用のよい面は分るが死の灰の危険をなくするのにどうするのか、その疑問にこたえるものがみせてほしい。

ネクタイに作業着羽織り横穴から燃料棒を取り出すところ

労働組合の中には原・水爆反対の影響から原子力そのものに対してまでも冷淡で消極的であるべきだと考えるむきもある。しかし、いまや原子力産業革明を目前にし、生産と産業の第一線にある労働者が、この課題の前にシリ込みしていることは決して許されない。原子力の平和利用こそ原爆のつぐないとしてもっとも適切な途であろう。

絶望は再生のための恩寵(めぐみ)ぞとこの語に驚き得し力なり

CP5型原子炉模型

広島と長崎の記憶が鮮明である間に、日本のような国に原子力発電所を建設することは、われわれのすべてを両都市に加えた殺傷の記憶から遠ざからせることの出来る劇的で、そしてキリスト教徒的精神にそうものである。

魔か神か人知の極致あはれこの重水原子爐青くぞ光る

「予測できなかった人に、それ以上言っても仕方ないだろ」

いまで言う格納容器の断面をこぼれる蒼いかがやきの模型

「それで僕は入社しばらくはヘリコプター関係を扱っていたが最近原子力室勤務になった。そのうち〝中松班〟というのも発足しますよ。会社幹部が僕の仕事を認め〝大いに中松を伸ばしてやれ〟といってるんでやりがいがありますね」。次の目標は原子力の発電。中松氏は〝ナカマ・リアクター（反応炉）〟の理論もすでに組立てたそうだ。

第三の火の爐よ人工衛星よ世紀の曙にわれいのちあり

一国の生活水準、すなわち利用できる物質とサービスの量は、その国の技術の進歩と同様にエネルギーの消費量にかかっているのは事実である。たとえば日本では、すべての動力源のエネルギーを石炭に換算すると、1人1年1トンの石炭を消費している。そして日本人は平均して年に7万円の収入を得ている。インド人は年に0・1トンの石炭を使い、1万8千円の収入しかない。

電燈のともるよろこび間近にて逝きたる祖父を今もあはれむ

原子力の未来

そのうちに原子力潜水〝船〟ができる。強力なプラスチックスの出現で、透明な潜水船に乗り、竜宮見物しながら太平洋を渡るのも悪くはない。水中をもぐったほうが抵抗が少く早く進む。暴風雨も海面だけにまかせておけば良い。だから少なくとも貨物船はみな潜水式になるに違いない。

止まると死ぬマグロのようにどこまでも地球をめぐれ原子力潜水船

工場は無人化の一途をたどる。人間は日に二時間も働けばよい。こうして、そのむかしドレイの上にあぐらをかいて文化を楽しんでいたギリシャ人のように、原子力と機械をドレイとして、芸術と思索とスポーツを楽しむことであろう。

アイソトープ食べた金魚のおよぐ鉢、腐らない放射能カマボコ、

放射能にさらされた者は、近くの避難所へ行くとき決してかけてはいけない、歩いて行くべきだ、とカリフォルニア大学の生物学者トマス・J・ハレー氏は語っている。

毒薬も使ひやうなり原子力伸びよ栄えよ平和のために

五十年や百年後といった未来風景を描かなくとも、ことし生れた赤ちゃんが小学校を卒業するころまでには日本でも原子力発電が実用段階に入っていようし、南極大陸にも電灯をつけるため原子炉が運ばれているだろう。

電子計算機ロケット模型ならぶ中小便したがる子にせかれつつ過ぐ

モートルの国産第1号を廻した東芝は、新標準寸法をも、いち早く採用し、大は発電所、電気機関車から、電気洗濯機、電気冷蔵庫、扇風機など、皆さまの家庭電気器具まで、あらゆる分野で働いています

原子爐によき火は燈火ともるとふ我等の家もやがて明るからむ

平和祈願血書

原子力を武器に使えば、人類を破滅する悪魔であることはすでに議論の余地はない。これを周知徹底せしめて未来

永ごう武器としてこの原子力を葬り去るためには、あらゆるときとところにおいて識らしめねばならない。原子力を永久平和確立の原動力とし、人類の福祉増進のために善用すれば、いかに恐ろしい力で役立つかを知らしめることは、武器には絶対禁物だということを得心せしめる早道でもある。

放射線學講義し終へし雪の暮沁みじみとわれらは平和を希へり

何故世界の各国家、各国民は、男も女も〝原子力〟という言葉をきいてスリルを感じるのでしょうか。いうまでもなく、その破壊的な力のためではありません。みんなが仲間同士になり、みんなが手を結び合うのは、原子力の大きな創造力にたいする希望から出ているのです。何とかみじめな低い生活に終止符をうちたいという希望からなのです。貧困や餓えをなくしたいと思うからです。失業や病気をなくしたいからです。

アトム　でかした　おまえの　ちえが　暴力に　かったん　じゃよ

〝世界にとって，私がどんなふうに見えるかわからないが私自身にとっては，私は海辺で遊ぶ少年のようにしか見えない。ときどき，普通よりもスベスベした小石を拾い，きれいな貝殻を探し出しては楽しんでいるこの少年の眼前には，すべてが未知のまま真理の大洋が横たわっているのである。〟——サー・アイザック・ニュートンのことば。(1685年ごろ)

万有引力と運動の法則の発見者であり，色の性質の説明者であり，また純粋数理的科学の開拓者でもあったこの偉人も，膨大な新しい知識と真理のすぐきわで生活をしていたのだ。それはすべての科学者についても，また，この博覧会に目をみはることに時間をさいたわれわれすべてについてもいえることであろう。いろいろなことばがわれわれの記憶に残るであろう。原子炉，核分裂，中性子，ラジオアイソトープ，減速材，陽子，アルファ・ベータ・

ガンマ線，ウランというようなことばは，エネルギーとか動力とか潜勢力とかいったことの意味を思い起させるのである。

いまや，われわれはこの世界を理解する上で，新しい次元に到着した。時間と勉強と実験によってすべての人類に最低生活のより高い水準を与える次元である。重水原子炉のなかの青い光を思い出せるだろうか。そこに我々は核分裂の過程を見たわけである。あの青い光が未来を象徴している。ほとんど無限のエネルギーを象徴している。このエネルギーの取り出し方は，今，学び始めたばかりであるが，この青い光は，全人類の福祉のために，その前途は無限に輝いているのだ。

原子炉を設置する辺りうれ麦の穂をめぐり初夏（なつ）の蝶ゆるくとぶ

彼らにはわからないんだな、

被爆者のなかには、

世界全体が破裂するところが見たいと思ってるものもいるっていうことがね。

原子爆弾の一個があれば広島市中を百年明るく照らすこともできる

Ⅳ　広島復興大博覧会展

将来いつの日か、全世界の人々が私と同じくらい原爆の犯罪行為を理解したと、
つくづく感ずることができれば、そのときはドームを壊すべきだと思うんですがね。

くす玉から平和のハトが弧をえがくドームの骨の上の青空

二〇一八年四月一日から五十日間にわたり、広島平和記念資料館にて、
広島復興大博覧会展が催される。
会期中、広島平和記念資料館は再び、「原子力科学館」へと名称を変える。

会場横に立たされている原爆馬のケロイドのはく製のつやつや

広島復興大博覧会展は、広島復興大博覧会を、
当時の最先端の技術と、当時の最先端の知識に基づき、
可能なかぎり忠実に再現する。

電子の軌道を描くネオンの中心にまぶしく回るミラーボールよ

それを観覧するわたしたちは、
当時の広島のわたしたちの希望を、当時の日本のわたしたちの夢を、
可能なかぎり忠実に再現しなければならない。

冬の夜の南の空にうかぶあの青い炎にふれてみたくて

そのとき班目は、福山の記憶によれば、（その後頻繁に見せることになるのだが）「アチャー」という顔をした。両手で頭を覆って、「うわーっ」とうめいた。頭を抱えたまま、そのままの姿勢でしばらく動かない。福山が「これはチェルノブイリ並みの事故ですか」と聞いても返事がない。

原子力が世の幸ひを招くまでは生きて居りたし正目に見たし

20人ずつくらいの隊列が5隊ほど並び、放射線管理グループの人たちに防護服を装着してもらっていました。そこには20代の女性がいて、防護服の継ぎ目にテープを貼る作業をしていました。「根性、あるなあ」と私は驚きました。彼女は志願して残っていたからです。

毒薬も使いようなり原子力伸びよ栄えよ平和のために

しかしアメリカもひどい事するよな。
原爆ドームに原爆落とすなんてさ。

パノラマの原子砂漠の廣島をカリホルニヤのように見下ろす

ストローズ氏は53年、広島への原発建設案をアイゼンハワー大統領に提案した。これに対し、大統領は「その考えは捨てた方がよい。（原爆を使ったことへの米国の）罪悪感を示すことになるからだ」と発言。ストローズ氏は後に、「大統領の決定は正しかったと思う」と語ったとされる。

広島に落とされなかった原発が落とされたのだはるか東に

福島の被爆者は、いま原発に勤めている人はおりませんけど、その子どもたちで勤めてる人もいるし、そういう意味ではあの、原発に対して、あまり批判的な立場を会が取りはじめますとね、会自体で、その地区に住む人は離反していかざるを得ない、そういう状況をつくりだしますのでですね、

ニュース映画に撮るとふライトに原爆で焼きし腕をば向けて坐りぬ

ただいまっ（＾〇＾）今日もコツコツ無事終了でし。三年目に入った本日も現場は年度末のせいか、慌ただしくもコツコツと作業員さん達はみんな頑張ってたよ。2号機のブローアウトパネルも無事に塞がって少しは放射性物質の拡散量も減るはず。ただ拡散はゼロになったわけではないでしから…

血液検査の結果を書き写した半紙、折りかけのセロファンの折り鶴、

「私はその時点で何の疑いも持たなかった」（1947）
「また、同じことをするさ」（1956）
「私の決定に関して、眠れなくなったことは一度もなかった」（1959）
「再び、原爆を落とすのにためらいはない」（1965）

大きなる手があらわれて「原子力平和利用」と書きにけるかも

日本が立派にフクシマを乗り越えていることに感激した。
あくまで自然災害であり、技術は揺らいでいない。
女川などダメージを受けなかった原発に学ぶのも大切だ。

原子爆弾の一個があればガンジス川を百年明るく照らすこともできる

本作品は、広島復興大博覧会展の実現に向けた、企画書である。
企画書が「ガニメデ」58号に刷り上がったら、その一冊を、
広島平和記念資料館に送るつもりだ。

あの日に帰るスイッチ押せばこんにちワンたのしい仲間がぽぽぽぽんと鳴る

現在のわたしたちは、当時のわたしたちの夢を生きている。
当時のわたしたちの夢のどこかが間違っていたのだとしたら、
わたしたちは今も、まちがった夢のつづきを生きている。

十年たって比治山の上から見た街は、見知らぬ白い美しい街

当時のわたしたちの夢は、どこで間違えてしまったのだろうか。
当時のわたしたちは、どこで引き返すことができただろうか。
それとも当時のわたしたちは、夢を見てはいけなかったのか。

消息が書かれた瓦、講堂にぎっしりと横たえられた負傷者、

わたしたちはそれが知りたい。
わたしたちの現実はもう

取り返しがつかないのなら、
わたしたちの当時の夢の責任を、
わたしたちはせめて負いたいと思う。
過去を変えることはできないけれど、
広島復興大博覧会展まで、まだ五年ある。

目は私をじっと見ている　あなたよりもわたしが強いことを知っている目が

引用・参考文献（「一」は一首目の歌、「1」は一首目の歌の詞書を指す。）

1〜2　看護学生（以下、被爆者の肩書はすべて当時）・片岡千代子証言。米山リサ『広島　記憶のポリティクス』

二、29　アラン・レネ監督映画『二十四時間の情事』一九五九、日本語字幕

3、38〜39、47、49、57、58、60、61、68、86、87　ロバート・J・リフトン『死の内の生命　ヒロシマの生存者』一九七一

三、一一『中國新聞』一九五八年四月二日

4　広島県議会議長・山中直彦の開会式祝辞。広島復興大博覧会誌編集委員会『広島復興大博覧会誌』一九五九

四～5、6、7、8～八、11、12～13、二六、四四、50、五六、六〇、64 『広島復興大博覧会誌』

五 徳川宗敬「五時八分人工衛星頭上にありてわが乗る都電水道橋を渡る」の改作。『心の花』一九五八年三月号

9～10、82 一九五八年四月から五月の中國新聞広告、および『二十四時間の情事』に映る広島市内の看板より引用。

一〇 野澤滿枝作品。『塔』一九五五年一一月號

一三 『中國新聞』一九五八年四月一日

14、16～17 エノラ・ゲイ号乗務員、兵器検査技師モリス・ジェプソン証言。スティーブン・オカザキ監督映画『ヒロシマナガサキ』二〇〇七

15～一五 広島陸軍病院軍医・肥田舜太郎証言。『ヒロシマナガサキ』

一七 深堀悟証言。『ヒロシマナガサキ』

18～一八 中学生・小西悟証言。中澤正夫『ヒバクシャの心の傷を追って』二〇〇七

19、二三、二五、二六、二七、二八、二九、三七、三九、四〇、四二、四三、四四、四五、四六、四七、四九、五八、五九 広島平和記念資料館バーチャル・ミュージアム pcf.city.hiroshima.jp/virtual/index.html

一九 一三歳の少年・吉田勝二証言。『ヒロシマナガサキ』

20 エノラ・ゲイ号に同行したグレート・アーティスト号に乗務し、爆発の威力を観測した科学者、ローレンス・ジョンストン証言。ジョンストンは、長崎に投下されたファットマンの起爆装置開発にも従事。『ヒロシマナガサキ』

二〇 赤十字病院外科醫・佐々木輝文証言。ジョン・ハーシー『ヒロシマ』一九四九

21 県庁職員・松田豪証言。『広島 記憶のポリティクス』

二一 「訓練を受け、役割を果したんだ」は、エノラ・ゲイ号乗務員、航空士セオドア・〝ダッチ〟・バン・カーク証言。
「同情も後悔も、まったくない」は、グレート・アーティスト号から原爆投下の映像を撮影した科学者、ハロルド・アグニュー証言。『ヒロシマナガサキ』

22、26、28、43　ロバート・J・リフトン、グレッグ・ミッチェル『アメリカの中のヒロシマ』一九九五

二二　陸軍航空士官学校受験生・岩佐幹三証言。「被爆後数日たって、わが家の焼け跡に行った。もう熱気はなく、焼けきって灰だらけになっていた。母が倒れていたあたりを、灰をかぶりながら手探りすると小さな物体が手に触った。それが母だった。白骨ではなく子どものマネキン人形にコールタールを塗って焼いたような、脂でヌルヌルした物体だった。母は大変小柄だったので、母の遺体に相違ないのだが、取り上げたものはどう見ても人間とは思えない姿だった」。『ヒバクシャの心の傷を追って』

23　七歳の少年、T・I証言。『ヒバクシャの心の傷を追って』

24　『読売新聞』一九五四年八月一二日夕刊

25　『ヒバクシャの心の傷を追って』

27　佐伯敏子証言。『広島　記憶のポリティクス』

30、56　「『ひろしま』あれから十年」、『サンデー毎日』一九五五年八月七日号

三〇　梶本益恵作品。『塔』一九五六年九月號

37、52　蜂谷道彦『ヒロシマ日記』一九五五

40　成川セイ「原爆を防ぐ衣服」、『婦人画報』一九五二年八月号

41　正田篠枝作品。『耳鳴り』一九六二。なおこの歌には、「大き骨は先生なりあまたの小さき骨側にそろひてあつまりてある」（「唉！原子爆弾」、『不死鳥』第七號、一九四六）、「大き骨は先生ならむそのそばに小さきあたまの骨あつまれり」（『さんげ』一九四七）の異同がある。平和大通り緑地帯に建つ「原爆犠牲国民学級教師と子どもの碑」の台座には、「太き骨は～」と刻まれているが、正田の真意が「大き」か「太き」かは、「篠枝の没後に建立された碑であるため、確かめようもない」（水田九八二郎『目をあけば修羅―被爆歌人正田篠枝の生涯』一九八三）。

42　トルーマン前米大統領（当時）談話。『中國新聞』一九五八年四月九日

44　『中國新聞』一九五八年四月六日
45　大田洋子『屍の街』一九四八
46　『産業経済新聞（大阪本社）』一九六一年一一月三日夕刊
48　Erich Lindemann, "Symptomatology and Management of Acute Grief"、『死の内の生命』より再引用。
四八　原田節子作品。『婦人公論』一九五六年四月号
51　『広島　記憶のポリティクス』
53　ギュンター・アンデルス『橋の上の男』一九六〇
54　原爆慰霊碑を正す会請願書「原爆慰霊碑・碑文改正の件」、一九七〇年三月九日。『日本原爆論大系』第7巻
五七　伊丹小夜子作品。『心の花』一九五六年八月号
59　『中國新聞』一九五八年四月二一日。「三年半」は原文ママ。
六一　山本雄三作品。『心の花』一九五八年七月号
62、63　『読売新聞』一九五五年一一月四日
六二、七三　田家純作品。『まひる野』一九五六年三月号
65～六五　玉木英彦「太陽エネルギーと原子力」、『改造』臨時増刊号一九五二年一一月号
66　広大工学部原子力工学研究グループ「第二の太陽・原子力物語①」、『中國新聞』一九五六年五月一四日
六六　『読売新聞』一九五五年一一月五日夕刊
67　『読売新聞』一九五五年一〇月二六日および一一月五日夕刊記事等を再構成。
六七　平沢進八郎作品。『コスモス』一九五五年七月号
69　『中國新聞』一九五六年五月二五日および六月四日記事を再構成。
70　武田栄一「原子力の平和的利用」、『讀賣新聞』一九四九年二月一三日

七〇　武田辰雄作品。『中部短歌』一九五六年一月号
71　『読売新聞』一九五五年一一月二六日
72　森滝市郎・日本原水爆被害者団体協議会理事長談話。『中國新聞』一九五六年五月二七日
73　島崎史朗・広島全労連副議長談話。『中國新聞』一九五六年五月二〇日夕刊
74　米原子力委員、トーマス・E・マレー演説。『朝日新聞』一九五四年九月二二日
七四　田家純作品。『まひる野』一九五六年二月号
75　福島第一原発1号機の水素爆発を予測できなかった班目春樹原子力安全委員長を叱責しなかった理由を問われた、菅直人首相の返答。木村英昭『検証 福島原発事故 官邸の一〇〇時間』二〇一二
76　「二十代のチャンピオン　発明家・中松義郎」、『中國新聞』一九五八年四月一日
七六　外山倭文子作品。『心の花』一九五八年三月号
77、85　アメリカ広報文化交流局編『原子力平和利用の栞』一九五五
七七、八〇　中島祿子作品。『まひる野』一九五六年三月号
78、79　『朝日新聞』一九五五年八月一七日
七九　『中國新聞』一九五八年四月一三日および菊池武昭「私の研究　腐らない、放射能カマボコ」、『読売新聞』一九五五年五月五日
80　『中國新聞』一九五八年五月二〇日夕刊
81　『読売新聞』一九五五年一一月二九日
八一　堀田清一作品。『塔』一九五八年六月号
八二　小畑勇吉作品。『心の花』一九五八年四月号
83　福山市長・徳永豊談話。『中國新聞』一九五六年五月一五日夕刊

八三　鷲尾よしはる作品。角川『短歌』一九五六年四月號

84　ジョン・ホプキンス「原子力平和利用大講演会」、『読売新聞』一九五五年五月一四日

八四　手塚治虫「アトム対ガロン」、カッパ・コミクス『鉄腕アトム』第9号、一九六四

八五　木村昭人作品。『白路』一九五六年九月号

八六　「広島に落された原子爆弾の一個があれば、その熱によって広島市中の電灯を昼夜の別なく百年以上も明るく照らすことができる。利用の仕方によって住みよい世界にもなる」。広島大学理学部・高中助教授「原子力　測り知れぬ恩恵　だが悪用すると死の世界」、『中國新聞』一九五六年五月二七日

八八　「広島復興博の会期中、会場内で入場者の同情を集めた〝原爆馬〟が同博の閉幕と同時に二十四日、殺された。（略）皮は原爆資料館に寄贈されたが、長岡館長は「ハク製にして展示するかどうかは関係者とよく相談して決める」と語っている」。『中國新聞』一九五八年五月二五日

91　大鹿靖明『メルトダウン』二〇一二

92　二〇一一年三月一一日夕方、福島第一原発・免震重要棟1階にいた作業員の証言。一般財団法人日本再建イニシアティブ『福島原発事故独立検証委員会　調査・検証報告書』二〇一二

93　インターネット上に、定期的に書きこまれるジョーク。作者および初出は不明。

94　『朝日新聞』二〇一一年八月六日

95　福島県原爆被害者協議会・星埜惇事務局長の発言。TBS『報道特集』二〇一一年八月六日

96　福島第一原発で働く（当時）ハッピー（@Happy11311）氏のツイート。twitter.com/Happy11311/status/311428205141716992

97　トルーマン元米大統領の、原爆投下についての談話。『アメリカの中のヒロシマ』

98　インド原子力公社バルドワジ副総裁の発言。『中国新聞』二〇一一年一一月一三日

「予言、〈私〉」注記

「短歌研究」二〇一二年一一月号初出。斉藤斎藤名義で発表。

十首すべて、原子力に関する他者の発言や作品を引用、もしくは再構成したものだが、初出時は出所を示さなかった。

一首目＝「それ以外に被爆直後極めて短期に、しかも一部の人々のあいだだけで信じられた噂に、アメリカの飛行機が再び来襲し、同種の爆弾、またはそれ以上に強力な爆弾を投下するであろう、というものもあった。（略）さらに、アメリカはすでに「熱い爆弾」を用いたから、こんどは「冷たい爆弾」を用いて、すべての人が凍死するようになるだろうという噂や、「腐敗した豚」が空中からまかれて、地上のあらゆるものが腐るであろうという噂もあった」。ロバート・J・リフトン『死の内の生命　ヒロシマの生存者』一九七一

二首目＝「ぼくは日本に早く原子炉を作って安いアイソトープを使って全国の銭湯に配給して原子力温泉ができないものかと思うんです、ラジウム温泉がありますよね。そのラジウムより十倍くらい効き目がありしかも安くて危険性がない。そういうアイソトープを作って大衆のために銭湯に安く配給してやりたいと思う」。中曾根康弘発言。「本社座談会　原子力平和利用の夢」、『読売新聞』一九五六年一月一日

三首目＝望月栄子作品。『未來』一九五四年七月号

四首目＝「お部屋も街もいまの十倍も明るくなるでしょう」、「原子力の燃料は一度積みこめば何十年も使えますから人間はほとんど遊んでいるようになります」。「少年少女　原子力の平和利用」、『讀賣新聞』一九五一年一二月三〇日

五首目＝「そんなことよりか広島や長崎にも、ピカドン前には、この松が枝に誰それが首を吊つたとか、この古井戸に気が狂つてとびこんだとか、この部屋で女殺しがあつたとか、人間くさいさまざまな事件にまつわつて幽靈が出ると古く言い伝わる場所や建物がいくつかあつたはずですが、そういう昔の幽靈にゆかりのものまでピカドンがふつとばしてしまつ

たのではないでしょうか」。金井利博「廿世紀の怪談―広島の一市民の述懐」、『希望―エスポワール』一九五二年七・八月合併号

六首目＝加藤光一作品。『未來』一九五四年六月号

七首目＝「だから原子力が利用されるようになると北極や南極のような寒い地方、絶海の孤島、砂漠などが開発され、そういう地方にも大規模な産業が行われ、大都市をつくることができるようになる。また、ロケットで地球外にとび出すこともできるようになろう。全く太陽に相当したものを人間が手に入れたのだから当然だろう」。武谷三男「原子力を平和につかえば」、『婦人画報』一九五二年八月号

八首目＝「愛する両親を原爆で奪われた中学二年生の田辺俊彦君はこう書いている。「こんなものすごい力を持ったものがあったであろうか。あった。たしかにあった。それは原子・原子力だ。原子力はおそろしい。悪いことに使えば、人間はほろびてしまう。でも、よいことに使えば使うほど、人類が幸福になり、平和がおとずれてくるだろう。」」。長田新編『原爆の子―廣島の少年少女のうったえ―』一九五一

および、福山市長・徳永豊談話。『中國新聞』一九五六年五月一五日夕刊（「広島復興大博覧会」83を参照）

九首目＝岡井隆作品。『齊唱』一九五六

十首目＝「原爆祭は日本の方々で開かれ、相当観る人もあつたらしいが、広島のそれは極めてささやかであつた。（略）このことは「原爆の子」についても多少とも云えることである。あの作文集の大部分が、教師の統率の最も行きとどいた小学生によつて占められている事実もそれを暗示するし、又、（略）この本が、広島では案外冷淡にしか迎えられなかつたのではないか。少くとも広島の原爆の被害を受けた人達の大部分はそうであつたろう。原爆被害者の心の中には、今も尚癒されない傷があつて、それにふれることを極度に嫌う傾向があることは明らかな事実なのだ。「一体それを思い出して何になるのだ。」と彼等は苦々しく云うだろう」。落藤久生「原爆と文學　被害者の立場から」、『希望―エスポワール』一九五二年七・八月合併号

—— 2014

写真

テレビの人は深刻そうになに言ってるのかわからない人が写したテレビ

まで　たかさ　この

はい。これは　ばしょ　です　でした

けむりは　のぼりま、した　まで　たかさ　この　つうやく　かざす　おんな　の　て　ひら

おこる　みる　はじめて、なかに　あなたの　それ　えがく　なに?

ひとびとたち　もう　からだたち　ない　きもち　ゆく　しぬ　きもち　むずかしい　もつ

よわい　より　つよいの　たかさ　それ、げんしょう　けれど　ざんねん　ばあい　あお　そら

とおりぬけて　よい　かみさま!　ない!

そこ　よこ　ゆく　ひ　そこ　よこ　かえる　ひ　みましてませんでした。

あなた　いぅ　する　かれ。していないないなら、

まど　しぐさ　どこ　?たち　わたし　おくれで、した　よこぎる　のど　て　ほほえむ。ちがう

いいえ　ひとつ　さけぶも　ない　すべて、の　へいわ　すべて、の　しごと　いま　しずかな　おんなじ
　あかるい　おとこ　なべ　ふた　くち　こ
あいだじゅう　ひと　の　からっぽ　おもいま、した　わたし　にぽん　ご　さい　ご　おはよう

湾岸をゆく　a

とりどりの砂は積まれて丘となりブロック塀で仕切られてある

コンビニ弁当の殻、ミニとうふパック、ビール缶、未開封のおしぼり

草にやられた歩道を歩く　カーテンを閉ざしてねむってるミキサー車

唐突に海コンクリで終わらせて土地でよければいくらでもある

電力をつくる風車をｉＰｈｏｎｅは顔認識するするする　あきらめた

高速をはさんで走る国道にしばらくは鉄道も寄り添う

トラス式の橋のたもとに釣り上げた魚リリースしてバーベキュー

物流の拠点の屋根の換気扇　規則正しく続き舞浜

ａｍａｚｏｎのおとなりさんのフジパンのパンの匂いがしてくるだろう

先の見えないイオンモールにぺったぺたと着地しながら歩く子の親

ここはどこの何階だろう吹き抜けを見下ろしながらあるく半円

外に出ればすとんと夜だ　中央を蛇腹がつなぐだだ長いバス

ふたつ開けて座ってほしい吉野家のガラスの夜に蛍光灯だ

夜の仕事をさがす表紙に納得して働きたいと微笑んでいる

公衆便所の男女が灯る駅前に東横インが成り立っている

すぐに使えるきざみねぎ　が配送の過程で溶ける凍る朝焼け

野島断層保存館

島を押しひろげるために青い海見下ろす山は掘り崩されて、
穴だらけの丘にどこから運ばれて土は平たく圧し均されて、
耕され葱を植えられ、締め固められコンクリの基礎打ち込まれ、
礫、シルト、泥、盛り土（ど）、幹、アスファルト、塀を貫く断層はズれ、
あらわれた断面に樹脂吹きつけられ、窓のひかりに照らされて　見える

湾岸をゆく　b

新年から三年書ける黒革の日記ひしめく角を曲がった

駐輪場へ抜ける近道　高架からここだけ垂れてくる謎の水

風にふるえる橋をあるいて間に合わない信号の青見えながらわたる

海見はるかす岬の神社その海は埋め立てられて高台に立つ

新しい埋立地ほど、海抜は高い

元号の異なる大地　なだらかに海に向かってのぼる坂道

トラックのヘッドライトは弧を描きこれから走る道の裏照らす

ジャンクション見上げてわたる歩道橋待ち受ける地下鉄の入り口

球場は坂道のぼる群衆の波に隠れてから現われる

剥けてゆく月を背にして中古車の価格がならぶ左に曲がる

雲に月すっぽり隠れてしまってもしばらく後ろをひろく感じた

船は右　車は左　吊り橋を艀を満たす小麦はくぐる

ヤマダ電機の二階がとても駐車場で車がいない空を見上げる

上は強い南の風だユニクロの赤を掠めて羽田に向かう

面してる通りの風や視線から中の団地をさえぎる団地

近づいて来るサイレンの遠ざかる再現性の低い鼻唄

——2015

お金をくれる伯母さんの死

コンビニでランチパックのピーナッツひとつお腹に入れながら向かう

　　ごぶさたしております。ごしゅうしょうさまです。どちらを先に言うものか迷う

ともってるろうそく立ての銀色のそれはみごとな五段のくびれ

　足袋にスリッパぺたぺた履いて導師さまはありがたみに欠ける方でした

なまんだぶ、なんまんだぶをきっかけに焼香台をすっと出す係

　　喪主、焼香

ひだりてのひとさしゆびのゆびのはら焼香台に置いて支える

母の死に娘、息子が涙ぐむこれはただしい家族とおもう

つづきまして、くりあげての初七日
そうだった下の名前はそうだったそこだけとても聞き取れるお経
喪主、焼香
なんどめの合掌だろう合掌は二本の足でそろそろと立つ

伯母さんは主婦なのだから伯父さんがくれたお金とこの期におもう
棺に釘を打つ前に、さいごのお別れを。
まず伯父さんが。そして息子さん、娘さんが、顔に触れながら、さいごの言葉をかわす。
それでは。という空気になったとき、「いいですか」と、父がおもむろに歩み出て、
頬をさすりながら「姉さん、ありがとう」と、全員に聞こえる声で言った。
そういうとこだよ、親父。
そういうところ治らないままこの父は死んでゆくのだ遠からず焼く
おいのち、ご出棺になります
したしいひとにもちあげられておろされてレールの上をなめらかにすべる
バン型霊柩車のうしろを、マイクロバスでついてゆく
花に埋もれている練馬の伯母さんと川をわたって杉並で焼く

免許を持たない私が　たまに車に乗ると、
一段低くから見る町は　ひどく意味ありげに見える
診療所　クロネコヤマト　文化学園杉並中　を縫うようにゆく

焼き場の駐車場は、バスの運転手でごった返していた。
バスの運転手みたいな帽子をかぶった、焼き場の職員だった。
てきぱきと進む火葬のマニュアルの要所要所で脱ぐための帽子

さいごに伯母さんに触れたのが
うちの親父じゃなくてよかった
もうすぐに焼かれるおでこに掌をのせて「またね」　小耳にはさんでしまう

控室のつきあたりに、遺影が飾られてある。
「いい写真ですね」と言うと（ほんとうに、いい笑顔だったのだ）伯父さんは、
デジカメからよさそうな写真（データ）を見つくろって
いつだったか息子さんにもらったプリンタを引っ張り出し、
つないで印刷してみたら、
エプソンから黄色いまだらの顔が出てきて電源抜いて電話した話

　　をしてくれた。その話は無駄なく、おもしろく仕上がっていて、
　　遺影をほめられる度にしてあげた話なんだろうな、と思った。

ノンアルコールビールで一口ようかんをとぅるんと流し込みながら聞く

　三十五分後、

ゆるくにぎった拳のような熊手からこぼれる小骨掃き落とす溝

　　持ち上げ方で重いとわかる器具から
　　釘状の部品が数本とび出ている

板を棺に組み立てていたホチキスを骨の粉から吸い取るところ

こちらが耳のお穴こちらが頭蓋骨こちらが埋葬許可証になります

　　アルバムにない風景を　わすれてしまっているように
　　歌にしなかった記憶は　消えていると気づく

おそらくはそう変わらない段階を踏んで焼かれた母なのだろう

お骨おさめた箱をくるんで結び目を鶴状に結い上げる手袋

精進落としのため、告別式をした会館にもどる
生きている者とお骨を乗せたバス　環八通りをあっけなく行く
つまりあのつづきを見にきたのだわたしは　マイクロバスに揺れながらおもう

棺、「棺」

I

ていねいに剥いでゆくスライスチーズのフィルムにのこる靄ではじまる　斉藤斎藤

地下鉄新神戸駅から新幹線に乗り換える連絡通路の左手に、赤マジックで「博多１２，５００円」と書かれてあるのを見つけ、ほら穴のようなチケットショップで二枚買う。はだかの回数券を二枚受け取り、エスカレーターを3本上がったところであ、領収書もらい忘れた。いやいや、もらい忘れてよかったんだった、と思う。ホームですき焼き弁当を買い、ひとつだけ空いてた自由席の通路側にすべり込んで、あったかくなる紐を引っ張る。

ママはもうくたびれ果ててガキ二匹泣きわめいててくれてたすかる　斉藤斎藤

つぎの記憶は、もう佐賀だ。一両編成のローカル線の、路線バスみたいな運賃箱。県道の向こうに灯るセブンイレブン。斎場はもうがらんと電気が消えていて、終わってしまったのかと思ったら、お座敷の奥で声がする。襖を開けると下駄箱があり、それしかなかった焦げ茶のジャングルモックを脱いで、おそるおそるあがらせていただく。

書いていい事とはずかしい事があり書かないでわすれてしまうあれこれ　　斉藤斎藤

背中に視線を感じつつ、お焼香を済ませる。お鈴の横に渦巻き状の線香が、ぶら下がりながら燃えていて、これ、母のときも燃えてたんだろうか。

振り向くと座敷には、ご両親と弟さん、そして同級生のOくんとHくんがいた。お母さんからは、死の前後のいくつかの後悔を聞いた。弟さんの書いた詩を、読ませてもらった。

OくんHくんから、いろいろな話を聞いた。中学時代のあだ名は「うどん」だったこと。小学校のころ、自転車で走りまわるみんなを、一輪車で追い抜いて行ったこと。さいきんでは免許も取って、隣の市までドライブするほど元気になっていたこと。そしてふたりは熱っぽく、筒井くんの音楽の才能を語った。彼は楽器がどれでも弾けた。Hくんが曲のイメージを二言、三言つたえると、「こう?」とふさわしいメロディを奏で、あっという間にアレンジまで仕上げてみせるのだ。ふたりにとって彼は、なにより音楽のひとなのだった。

みんなさかな、みんな責任感、みんな再結成されたバンドのドラム　　『ひとさらい』

負けじと私も、笹井さんについて語った。笹井さんが歌の世界でどれほど高く評価され、どれほど愛されていたか。とつぜんの報せに、私たちがどれほどの衝撃を受け、どれほど動揺しているか。なにせその動揺は、一面識もない歌人が取り乱して、兵庫から佐賀まで通夜に押しかけてしまうほどであること。

Hくんは頷き、Oくんはひと言、「うれしいっす」と呟いた。

本は物　すべすべの表紙をもって行っていくらさすっても仕方がなかった　　斉藤斎藤

『ひとさらい』をめくりながら、いろんな話をした。

音を食らう仙人たちのあいだでは意外と評価の高いエミネム

エミネムとかも聞いてたんだね、

トンネルを抜けたらわたし寺でした　ひたいを拝むお坊さん、ハロー

仙人とかお坊さんとか好きだよね。お寺になっちゃうのはすごいなあ、

わたがしであったことなど知る由もなく海岸に流れ着く棒

わたがしになったり棒になったり、笹井さんはなんにでも化けるからね。
なにに宿ってこっちを見てるか、油断も隙もあったもんじゃない。

奴はわりと何にでもなる気をつけろひからびかけた太巻のとぐろ　斉藤斎藤

そうそう、楽器で思い出したけど、笹井さんは詩とか、童話とかも書けた人だと思うんだ。たしかジャズカルテットが出てくる、小説のような詩のような文章があって、と、検索した携帯の画面を手渡した。Hくんはざっと眺めてOくんに手渡し、Oくんは読み終えると「これちょっとキツイっす」と笑った。ああ、同級生だなあ、と思った。

もうひとひ眠れば初夏になりそうな陽射しを束にして持ってゆく　「きりんの脱臼」２００６年04月30日[*1]

◇

「顔を、見てあげてください」と言ってもらった。

ビニールで密閉されている窓をひざまずいて見下ろす　はじめまして　　斉藤斎藤

初めて会った笹井さんは背が高くて、すこし窮屈そうだった。
枕元に置かれた飴色のニット帽を、脱ぎたてのような髪型をしていた。
口がすこし開いて息を、吸おうとしてるように見える。

「きのうの夜はとてもいい顔をしてました　きのうの顔に会えてよかった」　　斉藤斎藤

と、Oくんがつぶやく。
ひげは今も伸びているのか、口のまわりは青々としている。
下くちびるの内側に、赤黒い筋が、浮かび上がっている。
ああ、いつか、わたしはあなたを書いてしまうよ。
救いのない文体で、救いのないあなたの死を、
書いてしまうかもしれないよ。
あなたなら、どう書くのだろう。
あなたなら、あなたの死に
どんなせつないユーモアで
ひとすじの光をもたらすのだろう。
なさけないことにわたしは
あなたのなきがらを前に、かつてなく

あなたの歌を必要としていた。

だんだんと青みがかってゆくひとの記憶を　ゆっ　と片手でつかむ　『ひとさらい』

ししゃも買ってきます、と、ふたりは車でコンビニに行った。
筒井くんの好物だったのだ。
彼らが消えてしばらくすると、お父さんは
「友達がいてくれてるのはうれしいけれど、つらいんですよ」
と、つぶやいた。
つらい、というのはおそらく
Oくんや H くんが目の前にいると
彼らではなく、なぜ筒井宏之が死んでしまったのだろう?
と思ってしまうということだろうし、
それはすなわち、わたしが目の前にいると
斉藤斎藤ではなく、なぜ笹井宏之が死んでしまったのだろう?
と思ってしまうということだろう。
そうですね、と
わたしは言わなかった。
なぜ笹井さんではなく、
わたしが生きているのでしょうね、と

わたしは言わなかった。

「いてほしかった」言ってソファにしずむひとに私にできることはいること　斉藤斉藤

しかないのだった。

「よかったら、泊まっていってやってください」と三回言われ、社交辞令かわからないまま、ずるずると終電を逃した。

◇

ししゃもなかった、と言いながら、さんまのかば焼きの缶詰と缶ビールをぶら下げて、ふたりが戻ってきた。

Oくんはさんまを供え、ビールの缶をぷしゅっと開けて枕もとの、棺の外のコップに注ぎ、コップに乾杯した缶からひと口、ビールを飲んだ。その一連を眺めていた私は、私がここにいることが、急速に恥ずかしくなった。

死んでいるいわしがのどをとおるとき頭のなかにあらわれる虹　『ひとさらい』

交代でシャワーを浴びて、おそらく午前五時過ぎだった。

お父さんは「少しずつでも眠りましょう」と言って、ベッドがふたつある洋室に消えた。

「みなさんも休んでくださいね」。

私も、眠ることにした。

◇

ものおとで目が覚めると、
薄暗い部屋で鏡に向かい、
ネクタイを締める背中が見えた。

つぎに目覚めたのは、八時前だった。
ベッドを出て、とりあえず棺に手を合わせると、
渦巻きが、燃え尽きようとしている。
お父さんとOくんは、
いったん家にもどったのか、見当たらない。
Hくんがとなりの和室の、掛布団の上で寝ている。
けむりが、絶えてしまう。
とりあえず棒の線香を立て、
起こそうか、それも大げさすぎるか、とけむりをながめながら、
どれほどの時間が経ったのだろう。

あたらしい渦巻きに、火をつける。
なるべくしずかに、お鈴を鳴らす。
すると気配がして、むくっ、と上半身を起こすHくんと目が合うと、
Hくんは、ああ。という顔をして
そのままぱたん、と倒れて眠った。

彼が筒井くんにできる
残りすくない仕事を、
奪ってしまった。

二〇〇九年三月二〇日、神楽坂・日本出版クラブ会館。

「笹井宏之さんを偲ぶ会」の、パネルディスカッションを引き受けた。

二次会で、酒癖だけは一人前な詩人くずれに絡まれ、最悪の気分で坐・和民を出ると、そういえば謝礼も、交通費もホテル代も、もらえていないことに気づいた。

もちろんこれは偲ぶ会だし、しのぶ気持ちはあるわけだからノーギャラなのはいいのだけれど、新幹線代ぐらいもらっても罰は当たらないんじゃないかしら、いや、担当が渡しそびれたのかもしれないが、でもこれ世間一般的にどんなもんなんだろう、まあ明日もこっちで澤村さんの批評会のパネルなわけだし、そっちで交通費出てるでしょ、ってことなのかもしれないけれど、でも少なくとも一泊は当然追加でするわけだし、澤村さんにはこっちでいくらか出るだろうから交通費は半額でいいですよって言っちゃってるし、もらえなかったから全額くださいなんて今さら言えるわけないし、[*2]せめて事前に出せませんって言っといてくれたらよかったのにとぶつぶつ腹を立てながら、でも将来、笹井さんの死をめぐるもろもろについて私がなにか書くのだとすれば、このクソみたいな交通費のくだりも書くことでリアリティがクソ増すのだろうし、だとすればそれしきで増すリアリティなんてなんてクソ下らないんだろうとますます腹が立ってきて、でも結局のところ私がなにに最も腹を立てているのかと言えば、今日のパネルでわたしは、短歌において初めて、意識的に嘘をついたのだ。あえて言わなかったことはある。初心者への手加減とか政治的配慮のために、さほどでもない作品のいいところを褒め、短所に触れないことはよくある。今日はそういうことではなかった、きれいごとを言った、世間的な常識を文学的な良心に優先させ、ご遺族への配慮を本人への配慮に優先させて、思っていないことを言ったのだ。人としてそれでよかったじゃないか、と自分に言い聞かせながら、そう言う自分が誰より納得が行っておらず、しかも一銭ももらえなかったものだから、汚した手のやり場が見当たらないのだった。

◇

そもそも私は、笹井さんのよい読者ではなかった。

「はなびら」と点字をなぞる　ああ、これは桜の可能性が大きい　　「数えてゆけば会えます」

笹井宏之の作品にはじめて出会ったのは、
二〇〇五年九月、第四回歌葉新人賞の選考会でだった。
彼の受賞作「数えてゆけば会えます」は、
一首一首の喚起力は圧倒的だけれど
全体としてはまだバラつきがある。
次席となった宇都宮敦「ハロー・グッバイ・ハロー・ハロー」[*3]のほうが
一連の構成力や世界観の強度において優れており、
受賞にふさわしいと感じた。

真夜中のバドミントンが　月が暗いせいではないね　つづかないのは　　宇都宮敦

二〇〇三年秋から、第二回の歌葉新人賞の候補者で
メーリングリストを作っていた。
歌会をしたり合宿をしたり、楽しくやっていたのだったが、
メンバーの1人がそこに笹井さんを誘ってはどうかと提案し、
わたしは反対した。

[Utanoha-02　No.497]
Date：2006年11月25日（土）午後9時46分
タイトル：Re：新メンバーについて

こんばんは。さいとうです。

そろそろ出るという歌集を読んでみないと
なんとも言えませんが。
現時点での印象では、
笹井さんをいまこのMLにお迎えするのには
反対です。

なんていうのかな、
このＭＬのみんなは、
同級生としていっしょに頑固になってきて、
イヤなものはイヤだとか、
自分に合わない企画には参加しないとか
自分で判断できるようになってきたわけじゃないですか。
笹井さんは、そういう判断がまだ
自分でできる人ではないと思うんですよね。
笹さんのブログに投稿とか、未だにしてるし。

笹井さんの詩才は疑っていないですが、
歌詠みとして「大人」になってない人が入ってきたら、
それなりに手加減せざるを得ない。
このＭＬでは、無防備に言いたいことを言いたいなあ、
というのが正直なところです。

ですので、とりあえず歌会をやって、
気が向いたひとたちは

あたらしいMLを立ち上げる案に
賛成です。

ではでは、とりいそぎ。

短歌は短い。三十一文字だから、ボロが出る前に書き終われてしまう。一定の技術があれば、ほんとうに思っていないことでも、ほんとうらしく書けてしまうものだ。一首一首をそれなりに仕上げることは、実はそれほど難しくはない。
だから大切なのは、何を書くかではなく、何を書かないかだ。
歌詠みが歌人となるためには、それなりに書けてしまう歌を、文体を、捨てる作業が必要だ。他人に書ける歌は他人にまかせ、自分がもっとも力を発揮できる文体とモチーフを突き詰めてゆくことで、ひとりの歌人が誕生する。
でも笹井さんは、新人賞に応募し、これから歌集をまとめようかという大事な時期に、ラジオやらブログやらへの投稿を続けていた。しかも、選者の好みや媒体の傾向に合わせ、作風を使い分けてまで。

それはもう「またね」も聞こえないくらい雨降ってます　ドア閉まります

「枡野浩一のかんたん短歌blog」、お題「雨」

三日月の凍る湖面にアントニオ猪木の横顔があらわれる

「笹公人の短歌Blog」、「格闘技」の巻

自覚がない、と思った。彼はもう選ばれる立場にはなく、自分で自分の歌を選び取るべきひとなのに。あんな鮮やかな歌が詠めるくせに、どうしてそんな時間の無駄遣いをするのだろう?

しかもこれは後からわかったことだが、佐賀新聞の読者文芸欄に彼は、彼の本名「筒井宏之」名義で、文語旧かなの歌を投稿していた。それも、新聞に載るとおばあちゃんが喜ぶからだなんて、ふざけた理由で。[*4]

冬ばつてん「浜辺の唄」ば吹くけんね　ばあちゃんいつもうたひよつたろ[*5]　筒井宏之

誰もがうらやむほどの才能を、彼はおしげもなく、あらゆる他人のために使ってしまうのだ。その無邪気な気前のよさが、苛立たしくも、歯痒くも、おそろしくもあった。

私は彼が、おそろしかった。

◇

具合が悪いと聞いてはいたけど、

病名を知ったのは

『ひとさらい』のあとがきでだった。

あとがき

療養生活をはじめて十年になります。

病名は、重度の身体表現性障害。自分以外のすべてのものが、ぼくの意識とは関係なく、毒であるような状態です。テレビ、本、音楽、街の風景、誰かとの談話、木々のそよぎ。どんなに心地よさやたのしさを感じていても、それらは耐えがたい身体症状となって、ぼくを寝たきりにしてしまいます。（略）

何に感銘を受けるでもなく、気づいたら自然と短歌をかいていました。短歌をかくことで、ぼくは遠い異国を旅し、知らない音楽を聴き、どこにも存在しない風景を眺めることができます。

あるときは鳥となり、けものとなり、風や水や、大地そのものとなって、あらゆる事象とことばを交わすことができるのです。

それまで私は、「何にでもなる」彼の歌をたんなる空想だと、
現実と切り離された彼の心象風景だと思っていた。
しかし『ひとさらい』を読んで以降、
彼は現実に、そのような心象風景を生きているのではないか、
そう思うようになっていた。

表面に〈さとなか歯科〉と刻まれて水星軌道を漂うやかん

一本の道が遠くの田舎家に延びている情景を描いた絵は、簡単に解釈することができるように思われるが、しかし、その道が十分な意味をもつのは、そこを歩いたことのある人にとってだけである。乳児は自分で

はほとんど動かないので、距離というものを空間的な境界を超えようとするエネルギーの消費として感じることはない。しかし子供は、絵として描かれた空間や環境であっても、それが暗示するものをすぐに読みとれるようになる。三、四歳の本好きの子供は、森のなかに消えていく道を描いた絵を見て、自分を冒険の主人公に見立てることができるのである。

イーフー・トゥアン『空間の経験』

だとすれば、三、四歳の本好きの子供に見える風景と、中庭に面した八畳の部屋で人生のほとんどの時間を過ごしてきた少年[*6]に見える風景は、どのように異なるのだろう。

天井と私のあいだを一本の各駅停車が往復する夜

高校を休学してからの五年間、ふとんから出られなかった少年は[*7]、世界という空間を、どのように思い浮かべるのだろう。

空と陸のつっかい棒を蹴飛ばしてあらゆるひとのこころをゆるす

そして病はすこしずつ癒え、少年は青年となってふとんから一歩を踏み出そうとするとき、世界はどのような奥行きをとりもどすのだろう。

「足元はやっぱり道で、どこかへと通じている道で、どこですかここ?」

◇

笹井さんが歌のなかでなんにでもなれるということと、どんな文体でも書き分けられるということを結びつけて論じる向きがあるけれど、それはすこし違うと思う。そもそも笹井さんは、そこまでは器用でなかった。

たとえば、「佐賀新聞」二〇〇八年一一月一三日付の

われはつねけものであれば全身に炎のやうに雨は匂へり　　筒井宏之

この歌について、読者文芸欄選者・塘健は、「けものであれば」の「で」の用法が曖昧でなまぬるい、と評し、

われついにけだものなれば全身に炎のごとく雨をまとへり

と添削例を示す。シャープな添削だ。

しかし、「で」の生ぬるさこそが、笹井宏之なのではないか。

塘の改作では、「われ」は完全に獣と化している。しかし筒井の原作では、「であれば」が仮定条件のようにも確定条件のようにも読めることで、「われ」は人のような獣のような、どっちつかずの存在にとどまれている。文語のわれは、なんにでもなることができない。笹井の歌に、やはり口語は不可分である。

◇

二〇〇九年三月二一日。

澤村斉美歌集『夏鴉』批評会後の二次会で、或る歌人としゃべっていた。

「そうそう、昨日はどうだったんですか」

「まあ、むずかしかったですよね」

「どんな話が出たんですか」

「穂村さんが、女性を天使だと思ってるって話」

「天使。」

うろ覚えですけどね。穂村さんは心のどこかで、女性を天使だと思ってるって。もちろんそれは、男の理想の押しつけだとわかってはいるけど、どうしてもそう思ってしまうと。でも笹井さんの歌には、そういう押しつけがないんだよねという話を、穂村が後日文章にまとめているので、引用する。


笹井作品における「私」の透明化とは、つまり他者を抑圧することの徹底的な回避なのだ。（略）笹井作品における優しさは、本質的には非常に厳しいものだ、と今は思う。

また理由のふたつめとして、近代以降の短歌が主に一人称の詩型として展開してきたことが挙げられる。与謝野晶子や斎藤茂吉の歌の魅力は、即ち彼らの「私」の強烈さに負うところが大きい。だが、その一方で、歌人が「私」の命や「私」の心の真実を懸命に詠おうとすることが、結果的に他者の抑圧に結びつく面があるのは否定できない。読者である我々は晶子や茂吉の言葉の力に惹かれつつ、余りの思い込みの強さに辟易させられることがある。


これを詩型内部の問題としてのみ捉えるならば、魂のカオスの一面とか愛すべき愚かさという理解でも、或いはいいのかもしれない。だが、現実の世界を顧みたときはどうか。

・人類による他の生物の支配
・多数者による少数者の差別
・男性による女性の抑圧

これらの巨大なブロックは個人の意識を超えた、いわば種のレベルの課題として残されている。そしてそれは、いずれもあるがままの「私」の無自覚な肯定から生じる他者への抑圧を、その起点としているのではないだろうか。

そのように考えるとき、笹井作品における優しさの厳密性は今日的に大きな意味をもつ。

「スライスチーズ、スライスチーズになる前の話をぼくにきかせておくれ」
風であることをやめたら自転車で自転車が止まれば私です
からっぽのうつわ　みちているうつわ　それから、その途中のうつわ

「スライスチーズ」も「ぼく」も「風」も「自転車」も「私」も「からっぽのうつわ」も「みちているうつわ」も「その途中のうつわ」も、笹井作品においては全ての存在に宿る魂は等価とみなされる。そのような世界を信じる力の強さが生み出した優しさの厳密性は、はっきりと文学的な希望に繋がっている。

穂村弘「笹井さんのこと」、「かばん」〇九年六月号

「ずれるかもしれないですけど、」

「はい」

「笹井さんの歌には、ピュアであれ、という抑圧を感じるんです」。

そのあと話はあさってに流れ、だから彼女が言わんとしたことはもうわからないのだけれど。

「ピュアであれ、という抑圧」から私が連想するのは、たとえばこんな歌だ。


もうそろそろ私が屋根であることに気づいて傘をたたんでほしい　　題詠blog2007　2007-05-07 22:30:17

この歌のやさしさは、ほんものだとおもう。
でも、あなたのやさしさがほんものであるそのことが、
このわたしをおとしめるのだ。

わたしが、わたしの命を、わたしの心の真実をうたうのは、
あなたに、あなたの命を、あなたの心の真実をうたってほしいからだ。
だからこそ、わたしはわたしのためにうたうのに、
あなたまでわたしのためにうたってしまったら、
まるで私は、あなたの手のひらの猿じゃないか。
あなたはあなたのままでいいのに、
どうしてわたしを包む屋根になろうとするのだ?

いいんです、って世界を見守りたがる訳知り顔のほほえみが
　わたしには、腹立たしくてならなかった。

そのみずが私であるかどうかなど些細なことで、熟れてゆく桃　「ゆらぎ」、「未来」〇八年一月号

　それは決して、些細なことではない。
　あなたという水はほどけて
　いずれ世界をめぐるとしても、
　そのみずが今、ここで
　あなたという形をなしていること。
　それ以上に大切なことなど、
　この世にありはしない。

しおみずと真水の違いでしかない私たち　ただ坂を下った　「ゆらぎ」

　でも、それを些細と思うことで、かろうじて
　あなたがあなたという形を保てていたのだとすれば。
　それを些細なことだと
　わたしも信じてかまわなかった。
　わたしたちがそう信じることで、この世界が
　あなたの夢みるゆめのようにつづいてゆけたのなら、

わたしはあなたの世界をめぐる
些細な水でかまわなかったのに。
そう思った、その瞬間は。

◇

二〇一一年一月二四日、
『ひとさらい』以降の歌をおさめた遺歌集、『てんとろり』が刊行される。
帯には、次のようにある。

光のように。風のように。
愛する人からの手紙のように。
透明な哀しみがあなたを包む。

しかし『ひとさらい』以降の笹井の歌は、
読者のあなたを包んでくれる
透明な哀しみではなくなりつつあったのではないか。

笹井の歌の変化は、たとえば「風」の位置づけにあらわれている。

ねむってもねむってもあなたのそばで私は風のままなのでした　　「未来」〇七年三月号

風。そしてあなたがねむる数万の夜へわたしはシーツをかける　　「未来」〇七年一〇月号

風であることをやめたら自転車で自転車が止まれば私です　　「かばん」関西ML歌会、〇八年一月

私から風を盗んでゆくなんて　草原らしくない　ゆるせない　　「未来」〇八年六月号

「風」はいつも、「あなた」のいるこの世のすこし外側をめぐっていた。

一、二首目の〈私〉は、風と共にある。
わたしはあなたの外側にいて
あなたに触れることはできない（「夜に」ではなく、「夜へ」）。
しかし三、四首目、風であることをやめ、風のちからを盗まれたわたしは、
草原にひとりぽつんと立ち尽くしている。

えーえんとくちからえーえんとくちから永遠解く力を下さい　　『ひとさらい』

永遠をひっさげてきた山猿に出来立てのからあげを与える　　「未来」〇七年一〇月号

たどりつくことのたやすい永遠に地雷のようなものを埋める　　「未来」〇八年一月号

風のちからと引き換えのように、

彼を縛る「永遠」の鎖はほどけ、
時計の針がすこしずつ、うごきだそうとしていた。

笹井、走りはじめる。　2007-10-20 14:02:31 | Weblog

春から、夏の終わりにかけて、療養生活に関する
とても個人的で、大きな変化がありました。

なにがどう変わったかは、うまくいえないのだけれど
それは短歌にも、少なからず影響をあたえています。

できることなら題詠blog2007をきちんと走りなおしたい。

でももう、２６首を投稿しているので、残りの７４首
できるだけ、きちんと走ります。

blog「温帯空虚」*8

「個人的で、大きな変化」が、何を指すかはわからない。

しかし療養生活における（おそらく、よい方向の）変化とともに、
彼の歌の空間は、奥行きを取りもどそうとしていた。

きょうは下駄つっかけて豆腐屋へゆく　遠慮なくよろこべあしのゆび
「未来」〇七年五月号

おくゆきがほしいときには煙突をイメージしたらいいんじゃないの
「かばん」関西ＭＬ歌会、〇八年三月

奥行きのなかったひとを殴ります　大丈夫です　多少は出ます
「未来」〇八年八月号

おそるおそる彼は、
世界へ降り立とうとしていた。

その夜はあなたを凍る滝を抱く　嫌われものの巨人のように
「未来」〇七年八月号

万象が結露であるとしてもいまこのときのあなたを愛したい
題詠 blog2007 2007-10-20 15:23:30

食器を洗い、ご飯をよそい、

横殴りのあなたが部屋を散らしても私は米を炊かねばならぬ
「未来」〇七年一一月号

しあきたし、ぜつぼうごっこはやめにしておとといからの食器を洗う
「未来」〇八年一月号

ふりかけのふくろがうまく切れなくてひとは腕力だと思います
「未来」〇八年二月号

ただしく世界に立ち向かおうとしていた。

スプーンで卵豆腐を割っている正しいひとと間違ったひと　「未来」〇七年五月号

正しさがひっぺがされてゆくさまを見ているだけのくぬぎの私　「未来」〇七年一一月号

そらいろの空をたたんで町はいま賽銭箱のように正しい　「未来」〇八年四月号

つまり笹井宏之は、「読者のためではなく、自分のために歌を詠みはじめたのではないか」。[*9]（須藤歩実）

恋愛がにんげんにひきつかまえて俺は概念かと訊いている　「未来」〇八年五月号

笹井のあたらしい世界には
奥行きがあり、〈私〉があり、〈私〉と他人の区別があった。
だからもしかすると、あいまいな哀しみにつつまれたがる読者はいずれ、
離れて行くのかもしれなかった。

奪われてゆくのでしょうね　時とともに強い拙いまばゆいちから　「未来」〇七年八月号

それでも私は、あなたにいてほしかった。
あなたの歌よりも、あなたにいてほしかった。

◇

二〇〇八年七月、わたしは同人誌「風通し」を立ち上げ、その一号に笹井さんにも参加してもらった。
9人のメンバーが三十首の連作を持ち寄り、インターネットで相互批評をする企画だ。
期待しすぎたせいか、笹井さんの三十首はそれほどでもなかった。

あした死ぬかもしれないのにそれなのにどうして壁をのぼっているの　「ななしがはら遊民」

「あした死ぬかもしれないのに」が、ぴんと来なかった。
この〈私〉は、「あした死ぬかもしれない」と
ほんとうに思っているように見えない、
一般論を定型に嵌めた歌としか思えなかった。

このおよそ半年後、インフルエンザをこじらせて
笹井さんは死んでしまうのだけれど、
死んでしまった今になっても、やはりこの歌は
一般論にしか見えない。
彼は、彼が「あした死ぬ」ことを、まったく予感していなかった。
彼はふつうに、生きようとしていた。

この偲ぶ会に参加するに当たり、『ひとさらい』をじっくり読んだ。そして、今日、背景を知ることで、

あぁ、この人は、どこかで「死」を既に受け入れていたのだな、と思った。それは、病気から逃れるためとかではなく、「生きるため」に。
人は、なかなか死を受け入れることはできない。いや、死んでからでさえ、自分の死を本当には、受け入れてはいない。だが、彼は、受け入れた。そうすることでしか、生きられないと感じた。
（略）だから、笹井さんの死は、悲しいけれど悲しんではいけない。悲しめば、死を受け入れた笹井さんを否定することになる。

美里和香慧「笹井さんを偲ぶ会レポ」、「かばん」〇九年六月号

そうだろうか。
彼が受け入れていたのは死の法則であり、
あした死ぬかもしれないという可能性であって、
こんなにも自分が、あっけなく死んでしまうということを
受け入れても、予感してもいなかったのではないか。
だから彼は「夭折の天才」などではないし、
わたしはあらゆる夭折を認めない。
それは、抒情と事故に過ぎない。

風をのみ川をひらいて朝焼けの、どこにもいないひとになります　「ななしがはら遊民」

しかしあなたはいないのだから。
あなたがあなたの運命を予感していなかったとか、
あなたはふつうに生きようとしていたとか、
あなたはあなたのまばゆい歌と引き換えにでも
現実の生をつかもうとしていたのだとか、
そんな仮説をとなえることに何の意味もないのだから、
あなたの歌がすべて遺書のように見えてしまうことで
ひとりでも多くの読者が得られるのなら
それ以上望めることはもうないのだから、
私は悲しむべきでなかった。
私は黙っているべきだった。

作歌のためには、耳を外に開けておいた方が良い。自分の中にはないフレーズが誰かの肉声を通してひょいと耳に飛び込んできた瞬間、あ、これ短歌になるな、と思うことが多いからだ。

ムクドリが群れなして空覆ふ頃カッコトジル、とつぶやく人よ

昼の雨はストッキングに染みながらあかりを点けて人を呼びたり

一首目は、吟行中、友だち（今橋愛さん）が「カッコ、トジル」と呟きながらメモを取っていたのがすてきで、そのまま使わせてもらった。二首目は、吉祥寺の焼き鳥店で「ご注文の際は（呼び鈴でなく）この灯りを点けて下さい」と平然と言われたのが印象的で、作った。どちらの歌も、発話の経緯や具体的な場面はあえて消去してある。美しい夕暮れと「カッコトジル」という声が不思議に響き合っていたこと。真昼、小さな灯りをパチリと点けて人を呼ぶ心許なさ。そうしたディテールだけを残しておければ良いと思った。

石川美南「作歌の秘密—耳を開けておくこと」、「うた新聞」一五年四月号

棺には付いてゆかずにしゆるしゆると啜りゐたりき貝の味噌汁　　石川美南『裏島』

この場面が、具体的にはいつ、どこでの出来事で、そして
その「棺」が誰の棺だったのか、
石川さんがあえて消去した理由は痛いほどわかるのだけれど。
わたしたちが味噌汁を啜り、とりとめのない話をしながら思いを馳せていた

その「棺」が誰の棺だったのか、
それ以上に書くべき何があるのだろうか、と
痛いほど思いもするのだった。

◇

渦巻きのそばにすわっていると、お父さんが戻ってきた。
あかるくなった斎場で、告別式まですることがなくて
夜行列車でやってくる石川さんを
有田駅まで迎えに行くことにした。
道すがら、セブンイレブンで肉まんを買うと
「肉まんのタレ」がついてくる。
歩きながら垂らしてみたら手に垂れて、
そんなにうまいもんじゃなかった。

九州は肉まんにタレがついてくる世間話は今でもします　斉藤斎藤

告別式の様子は、あまりよく覚えていない。
歌のようなメモが、手帳に残っている。

導師さまのお経は終わりあまりにもすかさず「喪主焼香」　斉藤斎藤

「以下、文面同意につき、御尊名のみ拝読いたします。

　はぎわらひろゆきさん、いつのしげみさん、にしのはらかずきさん、

伝わるひとには伝わるけれど読み仮名を聞いてくれたら教えたかった　斉藤斎藤

　最後のお別れ、という声がした。棺をのぞきこむ人々の、背中を見ていた。

　つやつやひかるバン型霊柩車に彼が吸い込まれてしまうと、運んでいたOくんたちとご親族はバスに乗り込む。係のひとがマイクで、焼き場まで来られる方はどうぞバスに、まだ座席には余裕があるのなら、と、W辺さんや石川さん、H原さんを横目で見ると、霊柩車のおしりを、真顔で見ている。マナーとかわからないけど、ふつう行かないものなんだろうか。

　それとも、ここからは筒井くんの時間、ということか。

　これから焼かれるのは筒井くんであって、笹井さんではない。笹井宏之は歌であり、たましいであり、焼かれることはできないのだから、バスの向かう先でこれから起こることは、笹井さんの知人であるわたしたちには意味を持たない、ということだろうか。

　呼びかけられて、合掌をする。

斎場のとなりの団地の住人のように聞くながいながいクラクション　斉藤斎藤

　さて。という空気があって。

　歌人5人は、ひぐらしさんの車と須藤さんの車に分かれ、ご飯を食べて帰ることになった。

　須藤さんはミニバンに乗り込みながら、

「ほら、あんま運転しないから。生存確率八〇％だからね」と、
おどけて言った。

「だってわかってたらもっといろいろ」「だってわかってなかったんだから」　斉藤斎藤

しばらく走ると、ひぐらしさんがハザードを焚いて、砂利の敷かれた空き地に入る。こっちの車も空地に入り、ぐるっとUターンして、運転席の窓をあわせる。

「このへんなにもないね」「じゃあ、キンリュウで」。

金龍。中華だな、レバニラでも食べようか。ものすごく食欲があるのを感じていると、2台の車は高速に入り、入ってひとつ目の、金立(きんりゅう)サービスエリアに入る。レストランの黒板には大きく「おススメ！　貝汁定食」とあり、わたしはステーキセットを頼む。

棺には付いてゆかずにしゆるしゆると啜りゐたりき貝の味噌汁　石川美南

そんなわけで、わたしはこの「棺」に
笹井さんをしか納めることができないけれど、
（そしておそらく、石川さんもそうだろうと思うのだけれど）、
そんなわけを知らない読者は、
読者それぞれにとっての「誰か」を、
かつてそれぞれの読者が
ながいながいクラクションを聞きながら

手をあわせて見送った「誰か」を
この「棺」に納めて、この歌を読むのだろう。
それでいい、伝わらない。

◇

私性（わたくしせい）。
わたしを主人公に、わたしの実体験を歌にすること。
しかし実体験を歌にすると、どうしても
三十一文字におさまりきらない経緯や場面が
削ぎ落とされることになる。
削ぎ落とされることで、
歌の前後の行間に余白が生まれ、
読者に感情移入の余地が生じる。
そうしてわたしの個人的な体験は、
読者にも共有可能な「体験」となる。
だから、わたしが歌を詠むとき

わたしの体験に固執すればするほど、
ほかでもないこの私が
誰にでもなれる「私」に
たやすく化けてしまうのだ。

つまり歌とは、日々の「棺」なのだろう。
ほかでもない私の、この記憶をおさめた棺を、
誰しもの、どの記憶をもおさめられる「棺」として
誰にともなく手放すこと。
だから、わたしの歌が遠い誰かに読まれ、幸運にも
遠い誰かの心をゆさぶるとき、わたしは
わたしの棺を放り出される。
行間の余白に、読者がそれぞれの思いを書き加えてゆくのを
わたしの歌が、わたしの体験から遠ざかってゆくのを
ほほえみながら、眺めているほかない。
それはとってもゆかいなことだ。
それはまったくわたしには
関係のないゆかいなことだ。

無記名の歌会でみんなわらってて遺影のようにほほえむわたし　斉藤斎藤

そして、笹井さんの行間に
わたしが書き加えたいくつかの経緯は、もちろん
笹井さんの歌にも、
笹井さんにも関係がない。

加速するお相撲さんを抱きとめてあああわたしあああかなしい　『ひとさらい』

たとえばこの「お相撲さん」と、
筒井家から歩いて約十五分の相撲場とは全く関係がないし、そして
その相撲場で笹井さんがよく、
くちびるが乾かないよう風下を向いてフルートを吹いていた話と*10
この「お相撲さん」とは関係がないし、さらに
その相撲場をいちど見てみたかった私が二〇〇九年一二月、
仕事で佐賀市に行ったついでに足をのばして、
上有田駅前の酒屋で300円で自転車を借りたはいいが道に迷って坂が多くて
けっきょく歩いたほうが早かったことと
この「お相撲さん」とは関係がないし、ましてや

ようやっと辿りついた相撲場でしばらく風に吹かれて、坂を下りたら
みごとに色づいた大イチョウの下で筒井さんのお父さんが椀琴、すなわち
有田焼の茶碗をならべて木琴のように叩く楽器で「ハナミズキ」を奏でていて、
わたしは自転車を止め、立ったままそれを聞き終えたけれど、
お父さんにかける言葉が見つからなかったことと
この「お相撲さん」とは、
関係あるはずもないのだった。

◇

笹井さんが、笹井さんの歌からあえて消去し、
行間の余白にしずめた経緯。
わたしはそれを掘り起こし、
あばき立てたいわけではない。
笹井さんの歌の、笹井さんにとっての意味。
それが何だったのかは
わたしたちにはわからないし
わかるべきでもないのだけれど、

わからないからといって
笹井さんの歌の、笹井さんにとっての意味を
なかったことにしたくないだけだ。

だからわたしたちは、
あなたの歌の行間を
しずかなままにしておかない。
図書館の本にえんぴつで傍線を引くばか者のように、
わたしたちはあなたの歌を
わたしたちの勝手な気持ちで汚す。
汚しては消しゴムで消し、汚しては消しゴムで消し
あなたの余白をかき乱しつづけることで、わたしたちはせめて
あなたの歌の、あなたにとっての意味への近づけなさに
近づくことしかできないのだろう。

それでも、どうしてもわたしは
あなたの歌を、
あなたの手に取りもどしたい、と

思ってしまうのだ。

そんなときは、あなたの歌をゆっくりと
あたまのなかでとなえる
思わないように気をつけながら。

あなたの墓をあなたの涙は濡らすことができないのだから　雨が降っている

斉藤斎藤

◇

石川さんを迎えに、斎場を出た朝のこと。
平べったい駐車場に
車のおしりとおしりを仕切る細長い花壇がならんでいた。
花壇にはなにも植わっておらず
黒々とした土が敷かれ、
土の上にまばらに、数日前の雪が溶け残っていた
それを携帯電話で撮った。

笹井さんを思い出すとき、いつもはじめに

携帯の画面を思い出す。
するとあの花壇から、
斎場のそばに二棟、ななめに建っていた団地が、
ずるずると泊まりそびれた隣町のホテルの名前が、
新神戸で座れた座席の番号が、
セブンイレブンのおでんに浸かったごぼうの黒さが、
するすると思い出されてゆく。

コンクリートのあの花壇には、なんの変哲もなく
土の黒さにも、雪の溶け残り方にも
なんのおもしろみもなかったのだから、
それは歌にはならなかった。
それを歌に詠んだところで、
わたし以外の誰の心も揺さぶりようがなく、
わたしの心も揺さぶりようがなかった。
わたしの心を揺さぶるのは、花壇ではなく
花壇の前後の記憶でしかない。
だからあの花壇だけは

歌にしないでおくことができた。
土の上に雪が、溶け残っている。

斉藤斎藤

弔辞

おげんきですか、こんにちは
わたしはあなたがもうどこにも
存在しないと思うのに
あなたにあいさつしてしまうのは
いったいどうしたことなのでしょう

六年が、経ちました
あれからいろんなことがあり
ながい時間が過ぎたのですが、
時計の針はおなじところを
ぐるぐるまわっている気もします

六年前、
わたしはわたしのかなしみにおぼれ

あなたの顔を見にゆきました
かける言葉がありませんでした。
このごろになってようやく、
届かないあなたにかける言葉が
見えてきたような気がします

人が死ぬのは、人に忘れられた時だ、と
こういう席でよく言いますが
忘れられても　死なないでしょう
あなたがほんとうに死ぬのは、
あなたが思い出になった時です

さびしいひるもいつもあなたは
見ていてくれる気がするとき、
なにをあなたに告白しても
きらわれないと油断するとき、
思い浮かべるあなたがどうにも
笑顔になってしまうとき、

あなたはすこしずつ、死ぬのです

そしてあなたに
面と向かって　照れくさくて
どうしても口に出せなかった
あられもないありがとうを言うとき、
あなたは思い出になって、死ぬ
わたしの心からのありがとうが
あなたにとどめを刺すのです

だからあなたに
ありがとうは言わない
しばらくの間、言わないでおく。

とつぜんすぎるあなたの死に
びっくりしたあなたは　ついにっこり
せかいにありがとうを言いそびれ、
せかいをみちづれにしわすれた

あなたがみちづれにしわすれたせかいで
あなたがころしわすれた　わたしは
しばらく生きてゆくことになった

この世はよるで中学校の
やなぎが波を打っている
電話線が月を横切る
だれもいない道を　えらんで帰る

もしもわたしが死ぬとき、そんな余裕があればだけれど
わたしはゆっくりほほえんで、
そこにいないひとに、そこにいるひとに　せかいに
あられもないありがとうを　さけぶ
そうしてわたしは　わたしのなかの
あらゆるひとを殺すのだ。
あらゆるせかいをみちづれにして
わたしはひとり死んでゆくのだ。

あなたがみちづれにしわすれたせかいの
きょうはすべてがうつくしく
それについてなにかをおもうのが
もったいないように思えている

風が　吹いている

ねむらないただ一本の樹となってあなたのワンピースに実を落とす

このせかいはいつのひか
だれにもさめぬゆめになるから
まっていて　そこで

『ひとさらい』

V

斉藤斎藤　様

昨日はお電話ありがとうございました。

ご連絡できていないことがずっと気になっておりました。申し訳ありませんでした。
お電話いただいた後でもう一度読ませていただきました。

私たちが気になった箇所は「免許を取ったりして行動範囲が広がり、周囲からは元気になったように見えたかもしれませんが、外出して使ったエネルギーを補給するのに、外出時間の数倍の時間を要していたというのが実態です。「定位置」でずっと寝込んでいました。

●（P1中程）「さいきんでは免許も取って、隣の市までドライブするほど元気になっていたこと」

親友のOくんやHくんたちだけは、高校時代から彼らが遊びに来た時は家に入れて「定位置」のふとんのまわりで話し込んでいたので元気になってきたように見えたかもしれませんが、
本当に体調が悪い時（ほとんどの時間がそうであったのですが）は彼らの訪問を断っていました。

また、彼らが帰った後は寝込んでいるのが常でした。

●（P6最後）「そして病はすこしずつ癒え、少年は青年となって　ふとんから一歩踏み出そうとするとき、世界はどのような奥行きをとりもどすのだろう。」

したいのに　したいのに　したいのに　したいのに　散歩がどういうものかわからない

『てんとろり』どんぞこ　より

ということだったのでしょうか。

●（P10）「『個人的で、大きな変化』が何かはわからない。ただ、療養生活における（おそらく、よい方向の）変化とともに、彼の歌の空間は、奥行きを取りもどそうとしていた。」

私たちも「よい方向」の変化（心身の）を期待していましたが、実際は「具合の悪さをわかりやすく説明すると、38～39度ぐらいの熱があるような容態が普段の状態（体調）」だと言っていました。

それでも、少しだけ体調がよい時（数日じっとして「定位置」でエネルギーをためて）だけは、外に出て人に会っていましたので、

私たち家族3人以外の人たちには、「元気になった」ように映ったのでしょうね。

以上。

些細なことですが、

P5「佐賀新聞の読者文芸欄に彼は、彼の本名『筒井宏之』名義で、文語旧かなの歌を投稿していた。それも、新聞に載るとおばあちゃんが喜ぶからだなんて、ふざけた理由で。」

に関しては、弁護する訳ではありませんが、笹井宏之としては佐賀新聞に筒井宏之として投稿することに、後ろめたい気持ちがあったのではないかと思われます。

「新聞に載るとおばあちゃんが喜ぶから投稿している」と宏之が実際に言ったかどうか、今考えるとわかりません。確かに祖父母は新聞に載るのを大変楽しみにしていましたし、掲載されると大変喜んでいました。私たちも楽しみにしていましたので、宏之にそういう気持ちがあったのかもしれませんし、それ以上に、私たちがそのように思い込もうとしていたのかもしれません。

「NHKスペシャルのケータイ短歌」の番組でそう言っていたのでしょうか、どうだったかはっきり覚えていませんが、

宏之が私にそういったわけではありません。

もう一つ、「椀琴」は「碗琴」。陶石からできた有田焼の器で楽曲を奏でていますので。
家内が、くれぐれもよろしくとのことでした。

筒井 孝司

Ⅵ

とれたての公務員からしぼりとる真冬の星の匂いの公務　「歌壇」〇九年二月号

あれはたしか金曜日だったから、二〇〇九年一月一六日の昼休み。ジュンク堂三宮店で、この歌を立ち読みした。手ごわい。「しぼりとる」が、みずみずしい比喩でありつつ現実の険しさにも届いていて、この「公務」は動かない。『ひとさらい』とは異なる、ハードな美しさ。笹井宏之は、あたらしい世界をつかもうとしている。

やれやれ、おもしろくなってきた。

作者名の表記のない歌は、すべて笹井宏之作品。
『ひとさらい』（Booknest→書肆侃侃房）以降の歌は、
第二歌集『てんとろり』（書肆侃侃房）もしくは
選集『えーえんとくちから　笹井宏之作品集』（ＰＡＲＣＯ出版）のいずれかに、
筒井宏之名義の佐賀新聞投稿作品は
『八月のフルート奏者』（書肆侃侃房）に収められている。

＊1　enpitu.ne.jp/usr9/97379/diary.html

＊2　でも澤村さんはお車代にかなり色をつけてくれて、二日間トータルでは三千円の赤字でおさまったのだった。

＊3　「短歌ヴァーサス」第十号、二〇〇六

＊4　「初七日の頃（ころ）その部屋でご両親の話を伺う機会があった。丁寧に切り抜かれた新聞記事を見せていただく。彼が亡くなる寸前まで地元の新聞歌壇に投稿をしていたことを初めて知った。「掲載されるのを祖父母が楽しみにしていたもので」とご両親」。須藤歩実「おくすり短歌33　さようなら　歌の友」、「毎日新聞　福岡版」二〇〇九年二月二五日

＊5　「佐賀新聞」二〇〇六年一二月七日

＊6　NHKBSハイビジョン『ハイビジョンふるさと発　あなたの歌に励まされ　～歌人・筒井宏之こころの交流～』二〇〇九年八月八日

＊7　「一首のものがたり　病床からのやさしい手紙」、「東京新聞」二〇一三年一〇月一六日夕刊

＊8　blog.goo.ne.jp/sasai-h/e/bbf2e11195bb2caa539a9f5f742b1f44

＊9　須藤歩実「ねむらないただ一本の樹～笹井宏之の作品と生涯～」ネットプリント版　sasai.blog27.fc2.com/blog-entry-541.html

＊10　加藤治郎「笹井宏之君、出会いと別れ」、「新彗星」第3号、二〇〇九

親指が数センチ入る図書館

はじめに地表面から、草木やゴミ、動物の屍体が排除される。**これ**らは時間**の**経過とともに有機物に変質し、容積が縮小して沈**下**の原因**になる**。念**に**は念を入れ、除去されねばならない。これらのもの**が残され**たまま、その上に構造物が作られ**て**はなら**ない**。表土は長年**の**自然作用がもたらす貴重な資源**だ。**混入物が除かれた表土は、**いったん**別の**場所**に仮置きされ、必要な時期に必要な**場所に、**客**土**と**して**利用され**る**。

「計」とは、**声を**出して数えること。「画」とは、田の境目を決めること。いずれの文字もいずれ、あらかじめ考えるという意味を持つ。声が**集め**られる、境を決めるために。住まうところに働くところ、**祈るところ**にもてなすところ。これ**は**陸／あれが海／ここからはいつ**海になって**もふしぎのない陸。いったん**海に手**を出したのだから、人が境を決めるほかない。いざという時、どこまで海を招き入れるか、あらかじめ決めておかねばならない。計画、あらかじめ考えること。終わったことをあれこれ考える、それは計画とは呼ばれない。

人が数えられる。消えた者／隠れた者／逃れた者が、声を出さずに数えられる。これから消えてゆく者が、確率的にはじき出される。ただでさえ年老いていた町の、それは厳しい数字になる。現実を見据えなければ、計画ではないからだ。厳しい数字に、手心が加えられる。居住地の確保、雇用の創出。駅と一体の温泉施設、潮の満ち引きを感じる水路。計画上のこの町に、もどり来る者が数えられ、移り住む者が数えられ、十年後の人口が示される。今よりかなり少ないにせよ、それは優しい数字になる。些かの希望がなければ、計画の意味がないからだ。その海沿いのどの町も、希望に満ちた数を掲げる。

水がよじ登れない高さに平たい土地が必要だ。木は刈られ、山は切られ、切り出された土は低い斜面に盛り上げられる。切土と盛土の嵩が極力等しくなるよう、断面図に赤線が引かれる。計画上の高台の、踊り場ごとに町は広がる。計画上のひとびとは踊り場のへりに横並び、ずいぶん遠のいた海を見下ろす。いざという時、ここまでは来るまい。いざという時、ここまでは来なかったのだから。計画上のわれわれは瞳を閉じていてそう思う。

　粒子／水／空気。三要素から土は成る。それぞれの地点の、それぞれの深さの土が採取される。筒状の容器に納められた土は、踏み締められて水を吐き、打ち据えられて息を吐く。大きい粒の隙間を小さい粒が取り持ち、密で安定な構造をつくる。粒ぞろいの土は脆い。脆い土に脆い土が、陸だった時代の土に海だった時代の土が混ぜられる。踏み締められ、打ち据えられ、固さを持つと確かめられる。この土は使える土だ。この土は人がその上で、くりかえし眠ることのできる土だ。

　海だったここは塩田だった。塩が抜かれて水田の、水が抜かれて埋め立てられた。港の底から浚われた砂が、辺りを平たい宅地に変えた。そして地震がやってきた、砂はふるえて水に沈んだそこに津波がやってきた。折り重なる家の一軒が、耐えかねたかのように爆発する、側溝の蓋が持ち上がる、坂道をぐる

りと登り傾りを海へ打ち下ろす水に脛を刈られる者もいた。引き波が浚った陸のものが、**浮きながら夜**を燃えている。いくつかの美談は語られ、**語られた美談**を聞く者はみ**な**、それに引き替え、と吐き捨てた。

砕石は縦横に積まれ、嵩上げされた道の上か**ら**、海びたしの**土**を見下ろす。スープ状の**土**、やや硬いチーズ状の土、努力すれば親指が数センチ入るほどの土。塩田だったここが**しょ**っぱい塩田になるお話だ。いっそのこと畔をほどいて、**か**ちこちはぼろんぼろんに、ねばねばはどろんどろ**んに**、海のものは海に**返して**しまえばよい。誰もが一度はそう思い、誰もが口にしなかった。使える土は持ち込まれ、一層の仕上がり厚さ三〇センチに敷き均される。ブルドーザによる三度の転圧で、飽和度八五%が満足される。**のり面を**登って降りる**キャタピラの跡**に雨が降る日は休みになった。バナナ曲線をはみ出さぬよう作業の遅れは取り戻された。**あかあかと**積み上げられる宅地は、やがてバス停の高さを越えた。**土に視界を閉ざされて**、**道**だけが水路のように今は低い。

（引用・参考文献）小林康昭ほか『施工技術――土工事・コンクリート工事・基礎工事』、森康男・新田保次編著『土木システム計画』、『南三陸町震災復興計画　絆〜未来への懸け橋』、女川市『復興まちづくり情報ＷＥＢ』、粟津清蔵監修『絵とき　土質力学』、地盤工学会『事例で学ぶ地質の話』、リアス・アーク美術館『常設展示図録　東日本大震災の記録と津波の災害史』、みらいサポート石巻『３・１１のこと』。

検印省略

歌集　人の道、死ぬと町

二〇二一年二月一日　印刷発行

定　価　本体二七〇〇円（税別）
著　者　斉藤斎藤（さいとうさいとう）
装　幀　中島　浩
発行者　國兼秀二
発行所　短歌研究社
　　　　郵便番号一一二-〇〇一三
　　　　東京都文京区音羽一-一七-一四　音羽ＹＫビル
　　　　電話〇三（三九四四）四八二二・四八三三番
　　　　振替〇〇一九〇-九-二四三七五番
印刷・製本　デジタル・オンデマンド出版センター

ISBN978-4-86272-666-7 C0092